文治
© wénzhì books

更好的阅读

浮休

〔日〕渡边淳一 著
わたなべ じゅんいち
杜海清 译

九州出版社
JIUZHOUPRESS

目录 contents

1 第一章 流 火
17 第二章 燃 烧
41 第三章 凉 意
83 第四章 沁 身
105 第五章 凄 绝
127 第六章 苦 寒
153 第七章 雪 冠
205 第八章 冬 瑟
223 第九章 春 愁
243 第十章 水 暖
269 第十一章 惜 春

第一章

流　火

“嗯？没看出我的眼睛有什么不对劲吗？”见久我就这么穿着松垮肥大的睡衣，口里含着刚从冰箱里拿出来的啤酒，梓问道。久我咽下口中的啤酒，回过头来，只见梓穿着和服，目不转睛地看着镶嵌在卧室里的镜子。

虽然久我觉得梓的话有点奇怪，但他还是靠近她身后，偷眼看着梓在镜子里映出的脸。

衣服有点凌乱，和服用腰间的丝带系着，下襟虽然掖起几层，但衣襟却没有合上，宽松地敞开着。

就在刚才，久我用手掌满满握住那团酥胸，从后面同梓交合了。

那对在欢娱时一览无余的乳房，有了内衣与和服的遮掩后，仿佛一下子藏在了伸手无法触及的地方，让人有了再次伸手探入衣襟的冲动。

似乎是在责备男人那种淫邪的眼神，梓嘟哝了一句：“看眼睛嘛……”

被梓这么一说，久我重新端详起镜子里的梓，除了前面的头发有点散乱、看上去稍显倦怠慵懒之外，模样并无大的变化。

“没什么特别啊……”久我再次想到刚才的情事，他想到的是梓刚才欲望数度达到顶峰的身体，“是个不错的女人呢。”

“别开玩笑，好好看看。”

听着梓从未有过的认真口吻，久我这才站到梓的面前，从正面打量起来。

“左转一下啊。”

梓微微将脸向左转了一下，稍稍细长的双眼里，眼白和黑色中略带点茶褐色的眸子都没有什么特别的变化。

“像这样直瞪瞪地看女人的眼睛，我可是第一次。”

“那觉得怎么样呢？”

“没什么特别的呀，什么都没有啊。”

梓似乎不再抱什么期望，将和服的前襟合上，系起了腰带。

穿和服的女人解开腰带时的样子固然娇媚无比，但欣赏女人穿和服的过程也不坏，特别是像梓这样的穿衣高手，从贴身内衣到和服，用几条系带整衣的过程，看着就是一种艺术享受。

梓在涩谷的培训学校教授和服穿着的技巧，自然手巧，但有的时候久我看得出神，也会得到一句嗔怪：“你在看什么啊？”

似乎是在说女人穿衣服的样子不是男人应该看的，但在其内心深处，却也可能有着不想被人觑见自己身态上的变化这样一种思维。

久我离开镜子，拿起放在床头柜上的啤酒，来到起居室。

直到空调吹出的冷风将风铃吹得叮当作响的时候，梓才穿戴完毕出现在眼前。

“让你久等了。”

就在刚才的床上还衣着凌乱不堪的梓，现在则全身披着薄薄的绿纱和服，下摆和袖口点缀着淡紫色的桔梗花。

“这件和服我倒是第一次看到。”

“不是啊，去年夏天也穿过一次。”梓的口气很干脆，但久我的记忆却是模糊的，“巴黎节那天，我就是穿着它去‘列肯’的。”梓说出了位于银座一家西餐馆的名字。

被梓这么一说，久我终于想起来了，梓说的似乎是对的。

“你把咱们之间的事都忘干净啦。”

“没啊，看你说的。”

不要说去的地方，就连穿的和服上的花纹都要记清楚，那可真有点难。

“夏季和服穿的时间短，怪可惜的。”久我似乎在说单层无夹里的和服只能在七八月份穿的意思，“再穿它一次，一起去看焰火吧？”

“和这样的老太婆在一起，有什么好啊？”

梓总是喜欢说些这种自虐的话，其实她才四十五岁，也许是身材娇小的缘故，看上去比实际年龄要小五六岁。梓心里也明白这一点，所以知道自己和老太太之间还是有距离的，却故意这么说。

“和老伯伯一起去，正好啊。”

接着梓的话，久我附和着。五十二的年龄，倒是久我更接近老伯伯的样子。

“可是，你不是不喜欢看焰火吗？”

“是的，好像我是这么说过。”

“你说会勾起回忆，所以讨厌焰火。”

确实，夏夜里焰火腾空时盛开的大花朵看起来十分美丽，但紧接着就拖着又细又长的发光尾巴，消失在夜空中。那种华丽和过于虚幻的焰火，反而让人浮想联翩，甚至会让人心情郁悒。

“也没说它特别令人讨厌……”

“那么就是喜欢喽？”

“不怎么喜欢，但也会因担心而一直关注。”

“那又是你的说话方式。”梓苦笑了一声，拿起桌子上的白兰地酒杯，“不能再喝了，我收拾一下。”

梓轻轻抬起和服的衣袖，把两个玻璃酒杯拿进了厨房。

看着梓的背影，久我想起了做爱之前他强行给梓灌下白兰地的情形。那时他做出接吻的样子，嘴对嘴，将口中的白兰地喂进了她的口中。惊慌失措的梓轻轻咳了几声，直接将酒喝了下去，然后就说身体像着了火似的，呼吸也急促起来。

不知是不是这个原因，反正今夜梓的神态确实比平时慌乱几分。

久我正在回想这事的时候，梓看了看手表，嘴里嘀咕了一句:“不好，已经十点了啊！”

黄昏时分和梓见面时刚到六点，然后是吃饭、上床，所以到了十点也很正常。夜里这个时间并不算晚。当然那是久我的感觉，而梓回到她家所在的世田谷至少需要三十分钟，到家也许将近十一点了。

“我这就给你订车。”

“不用了，还是我下楼拦吧。”

“订车吧，你等一下。”

虽然像这样的幽会已不止一次，但梓总是很真诚地婉拒他的好意。一方面体现了梓为人处世的原则——对任何事都要退让一步，同时也不能不说是她的一种魅力。

久我说电话订个车只消十分钟就来了。当他从里间的书房拿来出租汽车的车卡时，只见梓还拿着包站着。

“再坐一会儿吧……”

“车快来了吧？”

“还要五六分钟。”

被久我这么一说，梓像是有点无奈地坐了下来，但她只是轻轻地将腰靠在沙发的一端。

她总是这样，和服一上身，整个人就一下子变得峭冷起来。

不知是因为和服可以端正女人的形象，还是由于告别时刻临近，必须调整好心理状态？

不管怎么说，刚才在床上还是一个无拘无束的女人，这种突然的转变，对男人来说比较难以接受。

为什么会出现如此快速的变化？

久我一边疑惑着，一边想象着梓即将要回去的那个家的样子。

他当然不可能打听得很清楚，但梓的家好像在世田谷，在有成排樱花行道树的深泽附近。应该是幢公寓楼吧，一个四周安静闲适的住宅区，一到夜里很少有车来车往的噪声。

之前，久我从没特意询问过梓的家庭情况，当然梓也从不谈论自己家庭的事。

尽管如此，久我还是知道，梓的丈夫是一位律师，他们有一双儿女。那是久我在刚和梓开始交往的一段时间里慢慢获知的，而不是特意打听来的。

大家都不触及家庭的事，这好像是两个人之间已建立的一种默契，但有时候久我还是会想象对方家庭的样子。

今天夜里梓回家时，丈夫是在家里看电视，还是有什么聚会要很晚回家？

不管怎么样，梓会如何解释她出门的理由，而她的丈夫又会怎样听她的解释？还有，面对梓穿着一身整齐和服的样子，她丈夫会用什么样的眼光来打量，又会有什么样的感受？

奇怪的是，久我想着这些事情的时候，一方面有一种潜在的危险感，同时也感到一种刺痛般的兴奋，那是一种祈祷着千万不要有所暴露的心理和索性暴露出来也好的豁悟心情错综交织的感觉。这也有点像焰火。

“你在想什么？”

一瞬间，梓似乎就察觉到久我正沉溺于想象之中。

“不，我在想你真是漂亮啊。”

“你那样随口说说，我也能理解。”

“我是真的那样想。”

不知是什么原因，到了梓穿上和服要回去的时候，久我又被一种新的执着所羁绊，那有点像被一个还未见过面的男人所吸引的女人的眷恋。

“今晚别走了吧……”

“那……”

久我知道梓无法做到，但还是继续说道：“明天一早可以早点回去的。”

“那样的话就为难你了。”

梓的意思也许是：如果发展到那个地步，那两个人的关系就变得不能自拔了。

“下次什么时候能见面呢？”

之前，常常都是久我先询问梓能够外出的日子，然后再配合着会面。本来，久我是没有工作单位的自由职业者，比梓要自由得多。

“下个星期？”

“也许不行。”

“为什么……”

“我真的病了。”久我不由得回过头来，梓慢慢地站起身，“还不明白吗？”

“是瘦了点。”

向上盘起因而略微露出发际的头发梳成左右两半，也许是那显得有点蓬松的发型，使梓的下巴看上去尖削了一些。

“刚才抱你的时候我就觉得你瘦了。”

当久我再次想起床上的情形时，梓微微仰起脸问道：“嗯？真的不知道？”

四目对视中，梓见久我有些不知所措的样子，便轻声问道：“没发觉我的眼睛有点外凸吗？”

久我定神细看，与右眼相比，梓的左眼好像更加晶亮似的。

“被你这么一说，是有点儿闪光的样子……”

“就这些？”

“是得了巴塞多氏病？”

“不对。”

梓坚决地摇了摇头，为使睁开的双眼获得休息，她用手帕按了按。

“女儿也对我说了，眼睛似乎有点突出。”

“是吗？”

“是的，我自己也知道啊。”

看到久我似乎有点难以接受的样子，梓就像宣布什么似的说：“这是一种疾病，医生也这么说的。”

“叫什么病？”

“是非常难治的眼病，眼球底下的视神经受到了压迫……”

“眼球底下？”

对于对医学一窍不通的久我来说，连视神经这个词都是陌生的。

"弄得不好，可能要开刀呢。"

"还不至于那样严重吧？"

"很严重啊，觉得眼睛疲劳，看东西有叠影……"

梓过去一直有这样的异常感觉，久我此前并不知道。

"真的要动手术？"

"还得做进一步的详细检查才能知道……"

"那我们无法见面了？"

"我的脸破了相，你不喜欢我了吧？"

"破相？"

"因为是眼睛，说不定会那样啊。"见久我一时说不上话来，梓像是故意说给对方听似的自言自语，"也许这是老天在惩罚我。"

"哪有啊……"

"不，是真的。"

想着梓这句除了惯有的自虐的话，还感觉也是冲着自己说的，久我轻轻地别过了脸。

久我住的公寓位于接近市区中心的青山。本来他家在镰仓的梶原，但地处偏僻，不方便，所以在十年前租了这套公寓，作为在东京的工作室。开始的时候，除了工作到特别晚以外，他都是回家的，但渐渐地，在这里住宿的次数多了起来。与此同时，和妻子也变得疏远了，现在想来，与梓的关系日益加深，好像跟自己不常回家是相互关联的。

尽管说是个工作室，但靠一个男人维持整洁确实够呛。于是他在两年前找了个女佣，兼做秘书，只在下午工作，而到深夜，就只有他一个人了。

久我回到书房，整理了一下桌子上散乱的文件后，就拿了一本没看完的书来到卧室。

睡床刚才梓已经整理过了，但掀开被罩，做爱后留下的余温还没散去。

久我像是要再次回味这种余温似的躺到床上，一只手捧着书，脑子里却又一次想起梓的一切来。

差不多要十一点了，梓快到家了吧，也许已经到家了。

在那个地处安静闲适的住宅区家里，梓和丈夫、孩子碰在一起，会谈些什么呢？

奇怪的是，虽然他十分在乎梓，却很难想象和丈夫在一起的梓是什么样子。

这也许是梓本身故意在淡化这种印象，但同时也是因为久我无法从梓身上感受到妻子般的生活感。

同样的情形也出现在久我的身上。

“我想象不出你和你太太、孩子在一起的样子。”久我也曾被梓这么说过。这事是应该值得高兴，还是应该感到悲伤？不管怎么说，至少在目前，不把彼此的家庭牵涉进来，对于这掩人耳目的地下恋情来说，也许是件好事。

久我这么对自己说着，稍微垫高了点枕头，将目光移到那本没看完的书上。

那是一本记载有关医学史方面的资料书。书中说，明治初期，人们对脚气的病因还不了解，认为松香对治疗脚气有效果，所以用松枝堆放在患者的四周。现在连小学生都知道，脚气病是因缺乏维生素 B_1 引起的。但当时还不知道原因，流行着诸如细菌感染说、鱼毒说、蛋白质和脂肪缺乏说等各种各样的学说。

事实上，曾有公开发表的论文说，东大医院的 K 博士在脚气病患者的病床四周堆放松枝取得了疗效。现在听起来简直是个笑话，但在当时好像是很认真的。现在阅读这些争论，除了觉得幼稚可笑外，还让人感觉有点难过。

所以，比起人文科学来，自然科学可以说是个来不得半点含糊的严谨领域。

假如这是属于人文科学范围的话会怎么样呢？比如就当时日本的形势、国际关系的展望等发表的各种各样的论文，现在回头再读，会觉得有许多内容完全是错误的。但是，不知道是幸运还是不幸，这样的论文大多就这样被埋没了，就算是后来被人发现，也可以借口社会形势已发生了急剧的变化等蒙混过去。

而自然科学领域就找不到借口了，做过的事就只能徒留笑柄了。

久我大学时代学的是日本文学，毕业后成了报社记者，恰巧负责的是“幕末”[①]的专栏报道，所以那时他对明治维新到明治时期的历史开始感兴趣。现在久我作为一名以幕末时期的历史故事为主要创作题材的历史小说家，受到社会的认可，就是因为他有这么一段经历。

看着看着，久我有点兴奋，忽然想喝口茶了。

久我把尚未看完的书放在床上，来到与起居室相邻的厨房，从橱柜里取出小茶壶和茶碗。他已习惯一个人的生活，所以也并不觉得有什么苦。在等待水开的时间，他拿起放在不锈钢橱台上的茶碗端详起来。

那还是两年以前和梓一起去京都的时候成对买下的茶具。是红

①“幕末”指江户幕府时代末期（十八世纪中叶至十九世纪中叶）。——译者注

志野瓷器，白色的底子上挂着浅红色的釉，十分艳丽。当时就这么买下了。

从那以后，久我一个人喝茶的时候就用这个茶碗，成对的另一个在梓那里。

现在，那个茶碗放在什么地方呢？他无意知道梓家里的一切，但看着那个茶碗，久我却自然而然地想起梓的裸体来。

富有光泽的白皙的底子上泛着微微的红润，典雅，却有着淫荡的意味。

久我雅人第一次遇到梓，还是在他二十八岁的时候。算起来，那已经是二十四年以前的事了。

由于时隔久远，他已经不记得遇见的地方和具体的日期了。唯一可确定的，是梓经由朋友上村良太的介绍所认识的。当时应该还有另外两三个女性朋友，但从他只记得梓这点来看，也许从一开始就对梓产生了好感。

这么一说，似乎会认为梓是个很惹眼的女人，其实除了肤色稍白一点以外，她并不是一个很出挑的美女。吸引久我的是梓带来的氛围，其他人都很活跃地交谈着，唯有梓，总保持着似乎只差一步的距离，让人无法彻底熟悉她。后来去餐馆吃饭时，其他人都是埋头就吃，只有梓开始时双手合掌："我开动了。"用完餐时又是合掌，说一句："我吃好了，请慢用。"

后来其他的女人也学着梓的样子做，但都让人有"鹦鹉学舌"的感觉，唯有梓才是十分平常的举动，是非常自然的流露。

其实，梓的娘家在宇都宫开着一家很有年头的制酒坊，父母好像都是很老派的人。当然这些都是久我后来才知道的。

当时，久我在位于大手町的报社上班，梓则在丸之内的银行工作，所以他们一会儿在银座约会，一会儿在新桥见面，没多久就建立了很深的感情。

在随后的一年里，两人约会了好几次。当时，久我应该已经把梓当作了结婚的对象，而梓也照理有了同样的意识，但最终，两人没有走到一起。

最主要的原因是，和梓热恋后的第二年，久我被派往纽约支社工作，两人之间留下了很大的一段空白。

当然，如果久我紧紧抓住梓不放、互相订下婚约的话，也许两人能在一起。但是当时对于为第一次出国任职而争强好胜的久我来说，身无牵挂、自由自在的状态是最为理想的。

尽管如此，到了纽约后，久我给梓写过好几封信，而梓也回了信。然而，过了大约一年光景，梓的来信中有了父母不断催她结婚的意思。当久我正在考虑要不要对此很明确地表达自己的态度而犹豫不决时，梓突然来了一封告诉她已经结婚的信。

一瞬间，久我感觉像是失去了一件很珍贵的宝贝。当然那是在失去了以后才明白的，所以当梓还没结婚时，他并不曾意识到会有这样的结果。

又过了三年，久我也回国结婚了，但他没有把梓彻底忘掉。

随着岁月的流逝，印象是渐渐淡薄了，但曾经和梓一起听过的旋律、闻过的花香仍会勾起他鲜明的回忆。

久我第二次与梓相逢，是在八年前。

那确实是一种旧情复燃的感觉。其间，十四年的岁月流逝了。

在这十四年里，久我新年总会寄上一张贺卡，而梓也会回上一张。所以，虽然对彼此住在什么地方之类的也不清楚，但对相互之间的情况还是多少了解一些。

给两人带来直接相见机会的是，久我出版了新作。

作品描写的是在背后默默支持着“幕末”志士的女人们的生活状况。久我在新宿的书店举行签售会时，从会场工作人员那里接到了一大束百合花和一封信。

打开信一看，在“谨致祝贺”这几个令他怀念的清秀字体之后，是梓的姓名落款。

在喜悦和怀念交织的感觉中，久我立刻发出了一封谢函，并得到了回信。他表达了这次无论如何要见一见的愿望。终于，两人又一次单独相见了。

两人互相诉说着，似乎要将那太过长久的空白填满。这些年，梓已有了两个孩子，而久我也有了妻子和一个女儿。

自由不羁的青春早已离他们远去，但他们马上发觉，两个人还是能像以前谈恋爱时那样甚是投合。

就这样在一次一次的幽会中，久我的心里，那种应该和梓结合的想法日益强烈起来，而梓也似乎有了同样的意向。

然而已为人妻的梓难以迈出这一步，而久我也为此感觉心绪不宁。过了大概一年，梓终于伴随着一句“你这人真坏”，把身体给了久我。

“只要能抱上你，做坏人又何妨。”

久我嘴里嘀咕着，兀自沉醉于成为坏人的快感之中。

正因为对彼此的身体互相都留有记忆，所以一旦再次有了结合，两人的关系便一下子如火如荼起来。

从赴纽约算起，虽然其间经过了二十多年的岁月，但梓几乎没让他感觉有什么空白留下。

诚然，她是上了点年纪，但是岁月却给她的面容增添了一份稳重，肌肤也变得细腻柔软。曾经过于讲究清洁的性格有时让人感觉有些阴郁，现在已改了许多，以前有点较真的性格则被恰到好处的优雅所替代。

而最大的变化则是梓身体的反应。

具体来说，过去年轻冲动，彼此结合在一起的时候，梓的反应并不强烈，与其说是在享受性的愉悦，不如说是寻求互相依偎拥抱的意义。

久我出自男人与生俱来的好奇心，提出各种花样的淫乐要求时，梓总是做出想逃脱的样子，有时还抱以蔑视的眼神，干脆拒绝。

当年久我虽然被梓吸引，但最后还是下不了决心娶她，很有可能是因为在性上面没有得到充分满足。

然而，时隔十几年后再次触摸到的梓，已不是以前顽固不化的梓了。

如同用优质的葡萄酿造的美酒，经年累月之后有了令人心旷神怡的芳香和圆润滑爽的口感一样，梓的女性身体也完成了完美的蜕变。

不知那是由于梓本身随着年龄的增长自然而然地变成熟了，还是因为经历了怀孕、生产这一女人成熟的过程后酿成的结果，抑或是被从未见过面的梓的丈夫调教而成的。想到最后一种可能时，久我心里就涌起一股忌妒和后悔的感觉。

但马上他又想到，就算是有这样一种可能，这种成熟也是梓自己与生俱来的资质，现在终于有了尽情绽放的机会。

久我这么认为是有根据的，那就是梓不管在床上如何放纵，那仍然是她独特的放纵方式。

在不断获得满足的时候，梓愉悦的叫声低低的，时而是带点难受痛苦的意味，但她越是压低声音，说明她的感觉越激烈。

自己拼命想抑制但又抑制不了，于是出乎意料地以完全与自己的意志背道而驰的形式释放出来，在这种抑制和激情的火花中，梓表现出的独有的双重意识所引发的魅力便愈发明显。

现在的久我是彻底被梓迷住了。

加上以前养成的优雅身姿，那种恰到好处的淫靡更加韵味十足。

就如同珍爱那经过二十多年酿制终于醇厚，进入最佳状态的葡萄酒一样，久我现在比谁都要喜欢梓这个已经熟意毕露的女人。

第二章

燃　烧

久我给梓打电话的时间，几乎都选在中午时分。

好在最近梓也有了移动电话，联络方便了许多。但早晨和晚上接电话好像有点不便，即使她不在家，但听她接听时欲言又止的样子，久我便会感到闷闷不乐。

久我再次给梓打电话是在梓告诉他生病后的第三天。

同往常一样，时近中午，久我拨通了梓的电话。那边的移动电话仅回了一句："现在无法出门。"

久我在听到对方低低的声音"请给我留言"之后，便报了姓名，说了一句"过一会儿再打给你"，便挂了电话。

久我是充分考虑到这个时间梓应该是不在家的，难道她此时正在上服饰课，或是在忙插花的事？

梓每个星期要去几次涩谷的穿衣技巧培训学校，给年轻妇女教授穿衣技巧。她还持有花艺技师执照，最近好像常去百货店和公司企业等地方示范插花技艺。

此前，久我有好几次和梓一起参加外出住宿的旅行机会，也是因为她这个工作。

梓虽然已为人妻，但在外面还是做着一份符合自己兴趣爱好的工作。这种适宜于经常外出的生活方式，是她最近两三年里营造起来的。

而正是在这样的节骨眼上，梓患上了眼疾。

自从上次告诉他眼睛有病之后，已有四天了。见梓没有电话来，他就想，也许病并不怎么严重，要么就已经住院了。

他心里一直挂念着。傍晚时分，在来客中断的空当，久我再次打电话过去，却仍然是录音接听状态。

正当久我不抱希望放下电话，抬头仰望夏季日暮时分的天空时，电话铃声骤然响了起来，梓的声音振动着鼓膜：

“你刚才打了电话啊。”

“是啊，给你留言了。”

“我听见了，现在去你那边方便吗？”

梓的声音听着有点儿急促，背后还传来街头的嘈杂声。

“你现在在哪儿？”

“银座，过来也许要花三十分钟。”

梓过来当然没什么问题，只是帮忙的女佣还在房间里，等她回去还有一些时间。

“不过她还在呢……”

梓其实见过那个女佣，所以也没必要特意回避，但来了之后两人肯定无法单独在一起。

“那我稍迟一些过来吧，一小时以后。”

“我等你。”

久我表示赞同之后就问起了她眼病的事。

“医生怎么说？”

“明天去看结果，所以在这之前……”

“在这之前？”

“怕万一见不到你就糟了。”

“有那么严重？”

“不知道，明天的结果决定命运。”

久我想，这又是梓惯用的夸大其词的说话方式，便再次叮嘱：

“六点半的话，没问题。”

帮忙的女佣只要没有特别的事情要做，就每天中午来，下午六点过后走。

从一般的工作情况来看，早上开始的时间比较迟，编辑相关的工作都要从中午才开始，所以时间很充裕。

一般从下午开始，电话和传真渐渐多起来；而到了傍晚，上门的客人也开始多了起来，工作便越发忙碌。

幸好，那天五点钟来的客人是最后一位，客人走了之后，屋里恢复宁静。女佣也在六点多的时候回去了。

然后，就是久我一个人在等梓了。但他左等右等不见梓来，直到七点过后，比约定的时间晚了差不多一个小时，梓才终于现身。

久我开门迎接，只见和服打扮的梓一只手拿着包，另一只手里拿的是包着花的纸袋。

“来的路上，我去找花材了。”

熟门熟路的梓径直来到厨房，从口袋里取出花后排列开来。

久我从梓的身后靠上去，用手搭在她肩上，示意她转向自己这边。梓轻轻地摇了摇头，似乎在说：“不行。”

“等一下，让我先把花插好。”

今天梓穿的是罗纱和服，白色的底子配着米黄色的条纹，染色的腰带上浮现着鹅毛玉凤花。她总是这样，穿着上充溢着季节感，光是看一眼就觉得满目清凉。

“今天插个与以往有些不同的花型给你看看。”

梓从厨房的搁架上取下白瓷浅盆，用水洗了起来。

一直是这样，梓兴致一来就会来到久我的房间插起花来。流派说是什么嵯峨御流，反正久我是第一次听说这个名词。

据梓介绍，这个流派在京都的大觉寺有总司所，名称起源于平安时代初期。嵯峨天皇在大泽池泛舟游玩时，顺手摘下一朵开在小岛上的菊花插在御殿的花瓶里，于是有了这么个名称。

从此以后，这个流派绵延一千多年，如今既有包含生花、盛花等四种样式的传统插花，也有充满崭新的未来感觉的现代插花。

久我对插花的详细情况不太清楚，但大觉寺、大泽池那一带去过好几次。

那是个四季风景各异，充满了古都风情的地方。到了春天，樱花盛开时节，烟雨蒙蒙的大泽池悄无声息，时间仿佛也停止了脚步，让人不禁对平安时代的往事浮想联翩。

在这样一种地方诞生的流派，肯定有着颇为浓郁的古风余韵。

久我带着这样的想法问梓：“那很可能是传统味道很浓的插花方式吧？”梓立刻回答说：“不是。当然传统是很重要的，但新感觉的插花方式也有很多。”

确实，梓制作的插花，既充满古典的形式美，也蕴含着让人耳目一新甚至惊讶的崭新内涵。

现在她接着准备创作的，也是要给人以新鲜感的插花作品。

“马上就好，你去看会儿电视吧。”

于是久我放弃了想先来个轻吻的意图，在起居室的沙发上坐下了。正当他在那儿照着吩咐看电视的时候，只听见梓嘟哝了一句：

“咦，剪刀哪儿去了？”

制作插花必不可少的剪刀和剑山是梓自己买来的，平时放在厨房搁架下的抽屉里。

“你知道吗？”

“不知道啊……”

帮忙的女佣偶尔也会买个花给装饰一下，但大多是在附近的花店里弄好后带回来的。

“奇怪了。”

被梓这么一说，久我想起前几天在解装了书籍的行李包时，曾经用过那把插花用的剪刀，当时用完后就顺手放进了厨房的柜子里。

“也许在这里。”

久我打开橱柜拿了出来，梓接过剪刀脸上露出狐疑的表情。

“是谁用过了？”

“没啊，是我用来解包袱来着。”

“怎么可以啊，这是插花的剪刀呀。”

在告诫的口吻中，久我隐约感觉到“这是我带来的剪刀，不想让其他的女人碰它”的忌妒心。

“工具也是有灵性的。”

从对一把剪刀的执拗，可以看出梓循规蹈矩的性格。这种性格特点有时会让人产生沉闷的感觉，同时又会带来一种愉快的紧张感，激起久我的情欲。

随后，久我进入书房整理邮件，过了一会儿，传来了梓的叫声：

“完工了！”

听到叫声，久我回到起居室一看，只见装饰柜空当中间的搁架上，一件插花作品赫然在目。

“怎么样？”

“真不错啊……”

在宽底的浅白色瓷盆里，展开一张大大的绿色莲叶，莲叶上一朵白色的蝴蝶兰亭亭玉立。白瓷花盆的两端若隐若现，覆盖其上的莲叶微微左倾，而纯白色的蝴蝶兰则稍稍伸向右边，与莲叶的倾斜角度恰好取得平衡。

“感觉凉意扑面，很适合夏季观赏。”

“你也很喜欢啊。”

“新鲜，漂亮。”

“今天的插花是不是有点特别？”

两人一起观赏着，宛如身处繁花世界的一角，感受着世外桃源的清凉气息。

“从昨晚开始，我就一直在酝酿着这个插花的创作，想着今天到你这里来一定要制作成功。”

“被你这么一说，我想要这个花了。”

“这个插花既是为你，也是为我自己制作的。”

“为你自己？”

“明天要去医院了呀。会知道各种检查的结果，希望什么事都没有……”

被梓这么一说，可不是，这花在绿色和白色的简洁、素净的构成中，似乎是潜藏着祈祷的肃静意味。

“这花制作时很顺利，明天应该没什么问题吧？”

“肯定没什么问题。”

“别说那些不着边际的话，事情并不简单。不过，假如你对着这花为我祈祷的话，也许就什么事都没有了。”

看着梓说话时认真的样子，久我也严肃地点了点头。

“当然，我会祈祷的。”

“谢谢你。”

久我将一只手搭在正喃喃自语的梓的肩头，将她抱了过来。

“那花就像你一样高贵、美丽。”

久我说着，目不转睛地看着白色蝴蝶兰中心一点淡红色的花蕊。

“而且，那还有点儿……”

越过梓的肩头定睛看着花蕊，久我的思绪渐渐地被另一种不同于祈愿的鲜活念头所捕获。

“有点儿淫亵……”

“什么？”

久我不顾一切地吻了上去，然后在梓的耳旁低语道：

“去床上吧……”

“不行，今天就回去的。”

“时间还早……”

“明天要去医院呀。明天我要接受医生的宣告，之前却还做这样的事，不行。”

“不就是眼睛嘛，这和眼睛有什么关系啊？”

“不行，这里有伤的。”

梓用手摸了下左耳说。

“伤？”

往上拢起两边稍稍蓬松的头发，可以看见耳朵旁一颗淡淡的痣痕。

“那是你咬的。”

听梓这么一说，久我想起来，有次共赴欲望巅峰时，曾用牙齿轻啮过她的耳垂。

“不要紧吧？”

“说不定会从耳朵上采血。”

“那你给另一边的耳朵好了。”

“不行，怎么说今天都得回家。”

“那明天呢？”

“不知道啊，要看医生怎么说了。”

梓说着又担心起来：

“不过，要是情况不好怎么办？万一需要手术切除的话……”

“没那么严重的。”

“难说啊。一定不怎么好，我有这个预感。”

梓的眼神一下子变得胆怯起来，接着将脸贴在了久我的胸口。

“嗯，别离开我，请不要离开我。”

“当然不会。”

“是真的，没错吧。”

梓用整个身体紧紧贴着久我，但立刻就像想起了什么似的退开身体，嘴里嘀咕道：

“对不起，我该回去了。”

久我慢慢地松开紧搂着的手臂，他终于明白，除了那插花的静寂以外，梓还有着超出他想象的对疾病的恐惧和不安。

不管在怎样的情况下，在医院等待检查结果的心情，总是忐忑不安的。

即使是知道并不会有什么大问题，但面对穿白大褂的医生，总会有点紧张，怕万一有什么不好的结果。

这和看病的时候是一样的，就算是量个血压，其间也会焦虑不安，有的人会因精神紧张，量出的血压比平时高出二三十毫米汞柱。

梓在等待检查结果的前一天制作插花，并想保持身子的清净，也肯定是出于这样的不安。

然而，就在关键的等待医生告知结果的那一天，不管久我等得如何心焦，就是等不来梓的电话。

傍晚，担心不已的久我试着拨去电话，但她的移动电话一直处于关机状态。

结果究竟怎么样呢？是不是因医院方面的关系没等到检查的结果？就算是那样，也该联系我啊。

久我这样担心着，第二天继续等着电话，直等到晌午过后，梓终于来了电话。

“喂，喂……”

一听到这低沉的声音，久我就感觉不会有太好的消息。他的预感没错。

“我得切除了。”

“切除？”

听着那突兀而直截了当的话，久我回问道。这下梓如同打开了话匣子。

“到底还是过不了这个关。医生说如果任其发展，这病会越来越严重，最后什么都看不见，所以……”

“请等一下。”

为平复梓的情绪，久我稍稍停顿了一下又问道：

“医生很明确地这样说了吗？”

“主任医师一边看着X光片，一边说，药物和其他方法都无法治疗。”

“那病名呢？”

“说是眼底的神经长的肿瘤，名字长长的，很难记，除了手术切除没有其他的办法……”

“做了手术就能治好了吧？”

“说是可以治好，可那是要在脸上动刀的。”

“脸上的……哪个部位？”

“像是额头稍上的位置，说是不会留下很明显的疤痕……”

“那……额头的话，不就没什么大不了吗？看不出来的。”

“但那是脸啊，女人的脸啊……”

那边梓的声音一下子沉默了。

久我还想说些安慰的话，但又一想，说些模棱两可的话只会让她感觉更悲伤。

“已经决定开刀了，是吧？”

“可是，除此以外还有什么办法呢？”

梓似乎一下子变得达观的口吻里掺和的是焦灼的心情。

“那昨天就知道了吧？”

“是的……”

“那为什么不立刻联系我呢？”

“本来是想的，但昨天脑子里乱乱的，不知道该怎么和你说。到了今天，心情稍稍平和了，就打电话给你了。”

确实，一听说只有手术一种办法了，梓感觉惊慌失措也是可以理解的。但正因为这样那就更应该尽快联络才好，虽然也出不了什么力，但至少可以有个商量吧。

“一直在为你担心着。”

“对不起。”

见梓真诚地表示了歉意，久我的心情也平和了下来。

“那什么时候能见面？”

“想今天过去，你方便吗？”

“当然，大概几点？”

“晚上吧。不过，我怕见了你会哭出来。”

“没关系，我等你。”

久我一边答应着，一边对自己说，现在自己能做的就是紧紧地抱着梓。

那天晚上，梓来的时候已经是七点多了。

入口的音乐门铃响过，久我开门一看，只见梓穿着黑色底子印着白色琉球花纹的和服，腰里系的是白色的半幅宽的带子，脚上穿着一双低齿木屐。乍一见，好像是准备去看焰火的装束，但脸上的表情却是僵硬的。

“对不起，穿着简装上门来了。”

梓是在为自己不像以前那样结着鼓形腰带，而以半幅宽腰带的简装上门表示歉意。

“不知怎的，没了打扮的兴致……”

听医生说只有手术一条路可走而失去修饰打扮的心思，那也是常理。

“不管怎样，先进来吧。”

久我像要拉着梓的手似的把她招呼进房间，再次脸对着脸。

在夜色中，梓微微下垂的脸看上去有点儿苍白。

从这个角度看去，可以见到梓的左眼。她的眼白和略显褐色的眸子很清澈，根本看不出其中会藏着病魔。

“真不明白……”

久我轻轻地摇着头，然后和梓一起坐在沙发上。

“那什么时候动手术？”

“下个星期住院，再下个星期……”

“那么快……”

“拖延的话，病情会不断加重的。”

接着梓不再说话，一会儿又冒出一句：

“我……也许会死掉。”

“别这么说，医生不是说做了手术就没事了吗？”

“但也可能失败的……”

“不会吧，那可是个正规的大医院啊。”

梓看病的医院是地处茶之水的公立医院，在东京是很有名的。

“即使做了手术，眼睛也有可能看不见东西。”

“你放心吧。正是为了能清楚地看见东西才要做手术，后面的事你都交给医生办比较好。”

为了改变一下气氛，久我提议道：

“去哪里吃饭吧。”

“现在吗？”

“你还没吃吧？”

“但我什么都不想吃啊。”

“不要说那样的话了，振作点精神比较好。”

但梓现在好像确实没有外出的心情。

“就在这里，也蛮好。”

梓低声说道，看了一眼装饰柜搁架上的插花。

“特意制作了这个插花，可是……”

确实，梓寄托于花上的愿望并没实现。

“不过，昨天一整夜感觉和你在一起。”

绿色莲叶上纯白色的蝴蝶兰，还是像刚插好的时候那样亭亭玉立，宛如梓挺拔、可人的身姿。

“入夜熄灯之后，唯独看见的就是这花的身姿。”

久我想起来，前天梓在制作了这个插花之后曾经说过，在去医院等待检查结果之前，绝不做纵欲之事。

“稍微休息一下吧。”

久我说着就拉起梓的手，欲往卧室去，梓顺从地站了起来。

久我只打开床头柜上的台灯，等着梓。

梓在房间的一角呆立片刻，一会儿像下了什么决心似的解开了腰带，脱至只剩一身白色贴身汗衫后躺到床上。

“我这人很怪吧？”

“为什么？”

“这个时候了，还做这种事情……”

久我想，正因为是这样的时刻，两个人才更应该在一起。

“你不要去想那些无聊的事了。”

久我轻轻地吻着梓，将仰躺着的梓的身子抱了过来。

也许是梓体格偏小的缘故，久我抱在怀里感觉特别柔软。

以前在床上的时候久我说过这个感觉。那时，梓一听就来了倔劲：“你是想说，我已经成了老太婆了是吧。”

与年轻的时候比起来，梓的身材确实已不再苗条，腰部和大腿部位也长了不少肉，但话又说回来，现在的久我爱的就是这样丰满的梓。

"即使是老太婆，那也是漂亮的老太婆。"

"你别口是心非啊。"

"口是心非？我没有啊。"

"但是男人不都是喜欢年轻的女孩吗？"

确实，男人，特别是上了年纪的男人，绝大多数喜欢的是年轻女人。但那仅局限于从旁欣赏，或观赏裸体的情形，现实交往的话，那又是另外一回事了。

年轻有年轻的特点，活泼、新鲜。但同时，也正因为年轻，就有了任性、不知足等缺点，有时会使人败兴。

结果，男人就有了两种类型，一种男人只喜欢看上去年轻漂亮的女人，另一种男人则喜欢再有点儿人情内涵的女人。

而现在的久我就是属于后一种类型的男人。

"青春美貌什么的，是早晚要消失的东西。"

"虽说总要消失，但现在年轻总是件赏心悦目的事。"

"但那是短暂的。"

"正因为短暂才可贵。"

见梓极力称赞年轻，久我便吟诵起以前读到过的与谢野晶子的短歌：

> 二十妙龄之女，
> 泻过梳子的黑发，
> 那是美丽的春之华啊。

在晶子风格的流丽笔调中，将二十岁的女孩比作奢华的春天，并隐含着一个年长女人的怅然：你不得不承认少女之美是真正的美。

“晶子是在多少岁的时候创作这首诗的？”

“应该也就二十来岁的时候吧，过去的人比较早地感觉到老。”

“是这样啊……”

“不过，二十岁的时候长得漂亮也是很平常的事。”

“是吗？”

“二十岁左右的人不管穿什么衣服、做什么事情都很顺眼。”

说到这里，久我想起梓的女儿正处于这个年龄，便问道：

“你女儿呢？”

“二十二了。”

“那和我初次遇到的你一样大，很漂亮吧？”

久我的脑海里忽然出现与梓第一次相遇时的情形。那时梓也是二十二岁，无论是从马路上奔跑过来的姿势，还是吃饭前祈祷的模样，都让人觉得纯真可爱。

“每个人年轻的时候都是很美的。”

那也包括久我在内，对男人也可以这么说。

“猫也好，狗也好，还有猪，幼小的时候都是很可爱的，何况人……”

“说得也是啊。”

“如果小时候看上去就丑，那也丑得太过分了。”

听久我这么一说，梓立刻蹦出一句：

“那上了年纪就可以不介意丑喽？”

“从某种程度上来说，那也是没办法的事，但也有一直很好看的人。”

“如果有这样的人，我倒想看看呢。”

“就在我眼前。”

久我用手指轻轻点了点梓的鼻尖，梓说了一句“你好坏”，然后整个咬住了久我的手指。

也就在两个月前一个初夏的夜晚，他们就这样互相聊着，一起度过了一夜。

久我抱着梓，回想那时的情形，梓依偎在他胸前，问道：

“你在想什么？”

“不，没想什么……”

在讨论年轻不年轻的时候，梓的眼睛是不是已经感觉异常了？

“你是什么时候开始觉得不对劲的呢？”

“六个月前吧……”

“那时开始感觉不舒服了？”

“再前些时候吧，看东西就有叠影，视觉模糊，而且经常头疼……”

“我一点都不知道。”

“那是因为见你时，总是在我身体较好的时候。”

说到这儿，梓突然怯生生地问道：

“我的脸有了伤疤后，你大概就不想见到我了吧？”

“没那种事的。”

“不，肯定是的。你会说，这样的女人已经没什么用了，就装作不认识的样子。”

“不会啊，我是爱你的啊。”

“现在说这样的话，但以后一定会嫌弃我的。”

久我将情绪有点激动的梓搂得更紧，梓稍稍平静了些，一会儿又低低地用肯定的口吻说：

“我到底还是逃不了惩罚。”

“你在瞎说些什么啊？”

“我是坏人。”

梓现在似乎深信，患上眼疾都是因为自己作了恶的缘故。

“唉，惩罚我吧……”

如果说一个已为人妻的女人和另一个男人亲热有罪的话，那么引诱这个女人的男人也同样有罪。

双方都是罪人，哪有一方惩罚另一方的道理？

躺在床上，久我还在这么想的时候，梓又低低地说：

“抱紧我……”

一时间，久我感觉这声音似乎来自黑暗的远处。虽然他知道那是从梓的口中发出的，但似乎更像是横亘于两人之间浓重的空间生发出的叹气声。

久我好像理所当然一样，动作有些粗鲁地将横躺着听凭摆布的女体抱过来，解开内衣的纽扣后，双手握住乳房。

这一系列动作都是出于男性意志的行为，是根本无视女性的意愿来进行的，就此而言，也可以说是一种惩罚。

然而，在这一行为当中，也许只是一瞬间，一种叫作爱的感情融入了其中，从那一瞬间开始，惩罚蜕变成了怂恿，而男人也从行刑者沦为共犯。

这个征兆在彼此结合之前就开始显露出来了。先是用嘴唇含吻乳头，接着用一只手摩挲大腿根的毛丛。在将神经集中于嘴唇和指尖的前戏阶段，久我已经远离行刑者，而开始堕落成怂恿者。

但是，在那个阶段，男人还只是在煽动、引导，还勉勉强强算是个行刑者，而梓在爱抚之下开始燃起激情，两人急不可耐地将彼此的身体紧紧抱在一起，肉体和肉体互相结合，从那一瞬间开始，男人立刻成了快乐的共犯。

不管有多少次高潮，梓总是将自己的愉悦偷藏起来。紧紧地拥抱在一起，或者感觉不断充实的时候，她也拼命压住自己的快感，绝不出声，最后达到巅峰的时候也只是发出低低的“啊”的一声，随之硬直的身体也一下子放松下来。久我能察知的也就只是这些变化。

这是梓特有的暗藏法，同时，她还有一种忐忑的担忧，就是不明白自己怎么会发出这样的声音来。能窥见这种精神和肉体的背离，男人便获得更大的满足，同时更激起他对对方的爱意。

当然，事情进展到这个程度，男人当初的目的已经达到，并因此获得新的自信和满足。此时，男人便施加新的攻击，再次将女人带往顶峰。

也许是梓尝过甜头的身体变得更加敏锐，她两次、三次地反复登临顶峰，而久我也因此终于放开约束，共赴欲望巅峰。

接下来的经过又是怎样的呢?

回过神来，只见梓整个偎在久我的臂弯里，女人的头靠在男人的左肩上，而上半身则几乎覆在了男人身上。而男人的腿还流连在女人尚留着燃烧欲火的胯股间。

此时，男女之间的肌肤相亲已到了无法加深的地步。

这种肉体的接近虽然与做爱之前没什么两样，但现在的姿势，也许是因为有了双方都心满意足的充实感，尽管已是密不可分，但总觉得留有余地。这种轻柔拥抱的感觉，还伴有一种慵懒的舒适感。

梓现在的状态早已经是不管你碰触她哪里都无心反抗，别说嘴唇，就连乳头、腋下、柔软毛丛的四周都任凭触摸，她只是静静地闭着双眼。

她没有睡去，但也不想起来。

就在这样的状态中，久我忽然觉得肩头上梓的头发有点儿刺痒，便想把她头的位置移动一下。此时，梓像刚苏醒似的，嘴里低语了一声："谢谢……"

"谢什么？"

久我不由得问道。忽然发觉这是云雨之欢后彼此第一次说话。

"刚才，谢谢了……"

"那当然了，给你带来了欢乐……"

梓的答话简洁，不过为什么还要郑重其事地说出"谢谢"呢？

在微暗的灯光里，久我终于想起她刚才说过"惩罚"的话。

"先前是想好好欺负一下你的，但……"

"但你很温柔呢。"

梓似乎早就觉察到，久我的行为与惩罚实在是相去甚远。

"为什么不咬我？"

"你说了，会不方便啊。"

"没关系的，倒是可以给今后留下很多记忆呢。"

她可能是在说，咬过留下的伤痕反而可以留下交欢的印记吧。

"那我现在咬了？"

"不行，现在咬的话会让我酥痒得受不了。"

也许是想到了那时的感触，梓微微蜷缩了一下身子轻声说道：

"别忘了我……"

这话让久我很高兴，他点头答应了。

"这下我可以去医院了。"

"一出院我们就见面吧。"

"那也太急了点啊。"

"为什么？不就是个眼科手术嘛。"

"但我已经是个有瑕疵的人了。"

“拜托，不要这么说自己好不好……”

梓好像又想躲进自虐这种看似简易的框框里。

“即使做手术也没什么大不了啊。”

“你会等我吗？”

“当然。”

久我答应着，与此同时，他忽然产生了想看梓的身体的冲动。

就这样让梓进了医院，那就有一段时间再不能触摸、欣赏这柔软的身体了。

“能让我看看吗？”

“看什么……”

“你的身体，整个的，为了不忘却。”

梓不再作声，接着慢慢地仰躺下来。

“灯就这样亮着。”

这也许是给看身体的条件吧。久我放弃了把灯调亮的念头，在微暗的灯光中慢慢抬起上半身，右手抚上了梓的胸口。

梓的乳房差不多可以满满地握在一个手掌里，触摸时有着很实在的手感。

久我特别喜欢的是那乳头，让人无法相信那已经是生过孩子的女人的乳头，小小的乳晕中略带点朱色的尖端，就像是还留着刚云雨过的余韵般的突出。

久我用手交替着爱抚她胸前的两个乳房，然后慢慢将脸靠上去，用嘴唇舔吻那尖端。

一瞬间，就如电流过身，梓的上半身猛地一颤，但眼睛依旧紧闭着。

见没有任何抵触，久我便安下心来，接着将视线下移，打开衣服下摆。

本来梓的皮肤就很白，从耻骨以下一直到胯股之间肉体下削部分形成阴影，中间可以见到黑色的毛丛。

久我十分喜爱这稍微浅色的毛丛有点儿无依无靠的触觉。久我先轻轻地触摸这个尖端，然后又用手掌覆盖在上面。此时，他想起了以前曾好几次央求为她剃去这个毛丛。

“哪怕一次也好的……”

“那太怪异了……”当时梓拒绝了久我的恳求。

那个时候,久我想那样做,其实有两个企望。一个当然不用说了,那是男人的淫猥心理，是想看到被剃干净而变得光溜溜的女人私处;另一个，是想体验失去了毛丛后能切身感受到的踏实感。

此前，梓说她与丈夫之间已好长时间什么关系也没有了。结婚已有二十多年，孩子也都大了，夫妇之间变得无欲无求了。

“即使是夫妇，怕也没我们这么相亲相爱吧。”

对梓这样清醒的说法，久我自然也能接受。

可是，如果真是那样的话，不就可以接受男人的请求，给剃去毛丛了吗?

如果梓接受这个要求，那就可以相信她说的跟丈夫已经什么关系也没有的话了。

然而，梓却以一句“很怪异”拒绝了。

毫无疑问，那确实如梓所说的那样，是一件很怪异的事，但也真有男人梦寐以求这样的事。

现在，久我正将自己的脸慢慢靠近那有一丝儿遗憾的繁茂处，为了方便用嘴唇触吻到藏在毛丛中的花蕊，他将梓的双腿轻轻分开。

这下，梓开始抵抗起来，她用力将双腿内侧合住，但也许是内心深处并不想抗拒的缘故，这样的抵抗并不怎么有力。等到久我不依不饶地终于分开大腿后，梓索性放弃了抵抗，不再紧绷身体。与此同时，茂密私处的顶端也展露无遗。久我已记不清有几次用手指爱抚、用嘴唇亲吻过梓的花蕊了，就在刚才，久我还用中指尖爱抚过那里。

此刻，刚刚结束一场云雨，久我已没了再次求欢的力气。

在激情退潮的倦怠中，久我一边将脸凑近梓的胯股间，一边端详着那里的一个小黑点。

“一颗黑痣……”

在梓绵延而下的毛丛戛然而止的顶端，左大腿内侧藏着一颗小豆大小的黑痣。

第一次见到它是在七年前，与梓再次相逢、两人合为一体的时候。

“长在这样的位置……”

当时久我一边用手指抚摸着，一边说：“那可是淫荡之相哦！”

梓猛地用手捂住久我的口：“不要说那样的话。”

从那以后，久我再没那么说过。但大腿内侧有颗黑痣，梓自己应该是最清楚的。

“一点都没变。”

久我用已经适应了暗淡灯光的眼睛凝视着那颗黑痣，接着将视线移到了梓的胸前。

“这里也是。”

梓的左边乳房下面，靠近腋下的地方，也有一颗差不多大小的黑痣。那也是在七年前就已经知道了，位置、大小和当时见到的没什么差别。

久我用食指轻抚着那颗黑痣，嘴里轻语道：“两颗都在左边哦。”

就这么轻抚着，久我忽然想起，梓患病的也是左眼。

这好像没什么关联，但一旦注意到了，总觉得其中有什么玄妙。

“别忘记我。”

不知怎的，久我看见黑痣，就觉得梓的手术一定能成功。

“没问题，我等你。”

“你真会等我吗？”

“作为交换条件，你要早点回来。”

突然，梓伸出双手，久我像是被她吸过去似的，一下倒在梓的身上。就这样，两人紧紧地抱在了一起。

“我等你……”

久我再次在梓的耳旁絮语，然后怀着祈求之意，用双唇覆在了梓的即将接受手术的眼睛上。

第三章

凉　意

梓住院那天，一早就下起了淅淅沥沥的小雨。

虽然离八月底还有好几天，气温却在二十五摄氏度上下打住了，让人感到秋雨的一阵阵凉意。

说起来，今年夏天天气阴郁的日子特别多，阳光灿烂的日子却很少。

这还没让人感受到汗流浃背的炎炎盛夏，也许就要转入秋季了吧。

久我这么想着，心里稍稍有些伤感。这时电话铃声响了起来，一听，是梓打来的。

“我这就要走了。”

虽然是去住院，但口吻却像是去旅行。

久我也开朗地回话：

“是茶之水医院吧？自己保重。”

“还好正是下雨天，要是晴朗的好天气，去住院总有点儿遗憾的感觉，倒是不怎么好的天气让人踏实点。”

怎么会有这种想法——久我嘴里答应着，却还是关心着手术的事情。

“对了，手术是什么时候？”

“说是检查要花费四五天时间，估计是下个星期初吧。”

“那在这之前我们还能联系，是吧？”

“不过，因为移动电话会影响别人，是禁止使用的，所以还是我来联系你吧。”

“如果是在护士中心，我也可以打给你吧？”

“但手术刚完的话有点过分啊。”

久我听了这些，真切地感到梓就要被禁锢在一个叫作医院的世界了。

“可以送花什么的吧？”

梓一开始似乎答应了，但立刻像改变了主意似的说：“不太好吧……”

久我想，也许附上一个陌生男人的名片，反而会给她带来麻烦。于是他说：

“不附名片，就送白色百合花……”

梓喜欢白色的花，特别中意百合花。

“只是，还不知道有没有放花的地方呢。”

“病房呢？”

“是双人房间……”

梓接着又问：“那个花怎么样了？”

她问的好像就是去医院等候检查结果的前一天，在久我房间里插的花。

“还是老样子。”

绿色的莲叶上一朵白色的蝴蝶兰亭亭玉立，好像能维持很长时间。

“等我平安出院以后，再来给你插花。”

"你一定能平安出院的。"

"是吗？"

"当然。"

听了这鼓励的话，梓好像也安心了许多。

"那我走了。"

"好的。"

久我说完，又加上一句：

"我爱你……"

一瞬间，梓好像是扑哧笑了一下，停顿了一会儿轻声说：

"我也是啊。"

久我一边对着电话听筒答应着，一边感觉到，就要住院了，两个人却好像成了少男少女似的，心情十分快乐。

梓住院的第二天，久我在银座的小酒馆约朋友村木小酌。

村木是久我高中时代的朋友，大学读的是医科，现在是横滨一家公立医院泌尿科的主任医师。

"你怎么会去读泌尿科啊？"

以前，久我用半开玩笑的口吻这么问他的时候，村木一本正经地回答说："因为对于人来说，最重要的事情莫过于排泄行为啊。"

据他说，最近人们关心的尽是诸如吃什么、吃多少等食物摄入体内的事情，却忽视了排泄什么、排泄了多少的问题。

"首先，只有排泄了废物，才能愉快地摄入食物。"这是他的观点，有了排泄才有健康。

这让久我想起有一次和他站在一起小便的情形。那时候他深有感触地说：

“能这样酣畅淋漓地小便真是种幸福哇。”

听这么一说，也许会觉得这真是个说怪话的家伙，但对于平时一直跟无法顺畅小便而痛苦不堪的患者打交道的村木来说，那也许真的是种幸福感受。

“能顺利地出水是件快乐的事。”

被他这么一说，也确实是这样，不管是大是小，酣畅出水之后的爽快感觉是任何东西都替代不了的。

“任何人都应该关注自己身体拉出的东西。”这也是他的口头禅。据说观察一下这个，就能大致明白身体的状况如何了。

“因为现代人用的都是冲水的厕所，就会漏看来自身体的重要信息。”

这种说法虽然有点过火，但很有道理。

“所以，这对于人来说是个最重要的科目。”这样说虽然给人有点偏颇的感觉，但在医生朋友中间，村木确实是个很有个性的男人。

村木是崇尚日式餐饮的“和食党”，所以，为了迎合他的口味，久我把地点选在了银座的日式小酒馆。

说是小酒馆，其实也就是在西银座酒吧街一幢商业办公楼的二楼，一个L形的柜台而已。

两个人在柜台的一端并排坐着，喝干了大杯的生啤后，又点了温过的清酒来喝。

虽说天气已经开始转凉，但毕竟还是八月，其他的客人几乎都在喝凉酒，唯有久我和村木不约而同要了温热的酒。

“‘大吟酿’凉着喝实在是误入歧途。”

在这方面，两个人也是意气相投。久我斟上温酒，村木连同酒盅一起端到了下巴处，很享受地呷上一口。

“今天有北海道来的秋刀鱼，尝个鲜怎么样？”对穿着烹饪服的老板娘的推荐，村木当即吩咐烤了吃。

在银座吃上秋刀鱼当然不坏，但久我听说有上好的里脊肉，便要求切成骰子般的小块烤熟后，只蘸盐和芥末吃。

“怎么，最近只对西式餐感兴趣了？”

见久我要了肉，村木好像有点儿意外。

“也并不是这么回事，刺身什么的有点儿吃腻了，所以不感兴趣。”

“呃，鱼还是烤着吃可口，日本人就是过于喜欢吃生的东西，其实也就金枪鱼生吃比较可口，海螺、白肉什么的只有烤着吃才能吃出好味道来。”

对此久我也有同感。

“近来，不知什么缘故，对西餐和泰式饭菜也感兴趣起来了。”

“那说明你的身体状况好啊。”

村木带着医生的说话口气说。紧接着他用探询的口吻问道：

“那是不是受到哪个女人的影响了？”

“什么意思？”

“一起交往的女人如果喜欢西餐的话，你也会被带着改变对食物的喜好。”

被村木这么一说，久我立刻就想到了梓。

确实，梓既喜欢日式饭菜，也喜欢意大利餐，久我有好几次跟着她去过那种餐馆。

“现在一定在和哪个女人交往吧？”

久我当然不可能把梓的事情告诉过他。村木的感觉果然敏锐。

“不用隐瞒我什么。”

“并没特意隐瞒什么，也许让你猜中了吧。”

“一过五十，谈情说爱可是件好事呢。”

沉默了一会儿，见说的话渐渐地朝那个方向靠拢了，久我便转换了话题。

“其实，我是想和你商量件事。”

今天夜里把村木叫出来，一方面是想见见好久没见面的老朋友，重温旧谊，另一方面也是想了解一下梓的病情。

本来，村木的专业是泌尿科，怕也帮不了什么，但这反而也有比较容易打听的好处。

“是关于眼睛方面的疾病……”

久我一说出口，村木一边以与他的肥胖身体不相称的灵巧度，用筷子撕着秋刀鱼的鱼身，一边问道：

“是写小说用？”

“不不，不是。”

因为过去久我为了小说取材，曾经向村木讨教过有关脚气方面的知识，所以这次也一下子这么想了。

“是个有点儿熟悉的朋友。”

久我这么解释着，然后将梓说的症状，诸如近来眼球有突出的感觉，看东西出现叠影，经常会头疼等，告诉了村木。

“好像是说眼睛内部有肿瘤……”

“有这个可能。”

见村木如此干脆地肯定，久我有点儿泄气。

“现在已决定手术了，没什么问题吧？”

“医生建议的话，当然听医生的没错。”

“不过，会不会取出眼球？”

“那可能是眼窝的肿瘤了。”

“眼窝是什么？”

“就是安了眼球的凹陷部位。”

村木的解释有点儿直截了当，但也因此更容易听懂。

“你见过骷髅吧？就是那个眼球安家的黑窟窿。”

顿时，梓温和的面容和头盖骨在久我的脑海里重叠了起来，他的心情一下子沉闷起来。

“那个部位也会长肿瘤吗？”

“那也是有良性和恶性之分的。”

“如果是恶性的呢？”

“就会像癌那样，发展很快，如果不及时医治就会误事。”

梓的病究竟是哪一种呢？

“听说住院后立即手术的……”

“那估计没什么问题了，下次我替你问一下眼科医生吧。”

“谢谢……”

久我表达了谢意，这下轮到村木斟起酒来，嘴里说着：

“不过，这倒是个奇怪的病。”

“你这么说，是什么意思？”

“说不清楚，因为也不是什么遗传的关系，除了听天由命外也没什么办法啊。”

久我点着头，又想起了医院里的梓。

现在她在干什么呢？说是两个人的房间，想必也不会很寂寞吧。但不管怎么说，医院的夜晚肯定是很沉闷的。

现在才刚过八点，家里是不是有什么人来看望呢？孩子？丈夫？或者就孤单的一个人？正这么想着，村木又自己斟起酒来，问道：

“那是自己的家人吗？”

“也不算是……”

“不过，既然已经住院了，还是听从医生比较好。”

这确实也像是村木式的意见。久我应着，喝干了杯中的残酒，决意不再去想梓的事了。

再次接到梓的电话，是她住院的第三天，即星期六的午后。

久我一听到“喂喂”声，就知道是梓，所以立刻就问道：“在医院打的？”

“是的，是用护士中心前的公用电话打的。”

梓是不是穿着室内便衣或者睡衣在打电话？久我想象着，问道：“嗯，感觉怎么样？”

“怎么说呢……”

梓接着压低声音说：“医院这地方可真够呛。”

久我从梓的话里知道，医院的早晨来得早，相应地白天和黑夜也提前了，下午六点钟光景好像连晚饭都吃好了，因此夜里的时间显得特别长，到了九点的熄灯时间，还是处于无法入睡的状态。

“大概是因为既没有哪个地方疼痛，身体也不是很虚弱的缘故吧。”

确实，眼疾不像手脚、内脏有什么病症那样，有特别疼痛或者难受的地方，于是就会觉得黑夜特别长，不知如何对付。

可是这么想是不是有点儿过分，因为真要是受着病痛或者呼吸困难的折磨，也会因此无法入睡的。

“病房是两个人吧？”

“是的，旁边是个老婆婆，白天精神很好，晚上很早就睡着了。”

“那人是什么病？”

“说是青光眼，不过已做了手术，好像再有两三天就出院了。”

“嗯，我来看你吧。”

久我本来就是想开个玩笑才这么说的，不想梓当真了，立刻回绝：“不行。”

“总之，这里人嘴杂。”

“知道了，不会来的。”

且不说那个老婆婆，万一碰到梓的家人可就麻烦了。

“能听到你的声音我就满足了。”

“我也是啊。”

久我想象着躺在床上的梓：“有电视看吧？”

“是静音看的，但也不能看得太晚。睡不着的时候就读你的书。”

梓说出了久我的随笔集，以及描写与幕末志士有关的女人们的小说名字。

“你带了这些书？”

“是文库本的，看着很轻松，但读的时间长了有点累。”

“还是少看点为好。”

自己写的书被关系亲密的女人阅读，总觉得有点儿难为情。

“对了，手术定在哪天？”

“下个星期，好像是星期一的下午。”

“能很快做完吧？”

“听说要一两个小时，还要揭开头盖骨呢！”

“头盖骨？”

“就是额头、颞颥附近的骨头……”

久我不禁用另一只空着的手抚摸起自己太阳穴一带的部位来。

“是个大手术哦。”

手术刀即将划入自己的头盖骨，梓惶恐不安的心情也是可以理解的。

久我想说上一句“别担心”，但转而一想，这样的话只能是一时的宽慰，于是改变了话题。

“我还是送花给你吧，不写我的姓名……”

好像在思考着什么，梓停顿了一会儿问：“真的要送花给我？”

“是啊，只要你喜欢。切花怎么样？”

盆栽花因为拖根拽泥的，让人联想到久卧不起的人，所以不适合用来送给病人。

“有地方放吧？”

“没有窗台，不过可以放在床头柜上的。”

“嗯，那还是花朵不太多的好。”

“两三朵就可以了。有了花，就会觉得你一直在我身边……”

“真是那样，那很好啊。”

“而且，当眼睛痊愈，除掉眼罩的时候，最先就能看到你送的花呢。”

被这么一说，久我也高兴起来，恨不得马上就去买花。

医院来电话的两天后，即预定做手术的那个星期一。这天，梓没来电话。

是一早要进行术前的投药、处置等而忙得没时间，还是因为家里有人在身旁不方便？总之，按照预定进行手术之后，好一段时间没有了梓的音信。

久我忽然觉得梓好像是去了一个很远的地方，内心有点焦躁起来。

万一梓的容貌就此发生了改变，他也不知道怎么办。

当然，这样的事应该不会发生——万一梓就这么死去了，久我连获知信息的途径都没有。梓的丈夫不用说了，她的孩子也没发觉久我的存在，即使知道，也不会特地来联系他。

想到这里，久我一下子变得烦躁起来。

此前，久我一直深信，自己与梓之间是以十分牢固的纽带联系在一起的，不管社会如何看待都不会受到影响。

但是，换个角度来看，再没有比这更脆弱更不稳定的关系了。从和梓的联系断绝的一刹那开始，两人之间就渐渐远离，互相深爱的感觉也烟消云散了。

那天，久我积压了一天的工作。

随笔的截稿时间已在眼前，尤其是短篇小说，截稿日期已经超了一天。

作为历史小说领域的中坚作家，久我获得了相应的评价，但也不能因此老是说任性的话。

眼下，他也想忘却梓的事情，埋头于撰稿，但大脑却无法如此容易地切换过去。

不仅仅是今天，每当无法顺畅创作的时候，他就恨这个写稿的工作。

如果是一个像职员或工人那样，去公司或工地，和大家一起劳动的工作，就不会有这样让人不知所措的麻烦了。特别是体力劳动者，只需付出体力，埋头工作就可以了。

而一个人把自己关在房间里，面对着稿纸的工作就不那么简单了。

当然，和大伙一起干的集体工作，也有相应的琐碎烦恼，很多是需要劳神费心的，但光从只需单纯地埋头工作这点来看，可能有多得多的乐趣。

好了，现在还是别去想那些无用的事，赶快写吧。

久我这样对自己说着，坐在桌前，先查阅写作必需的资料，让大脑习先惯这边的世界，然后开始慢慢写作。

就这样大约过了两小时，但要紧的创作却进展不大，大脑倒是有点疲倦了，于是停下笔，抽支烟。

时间已经是傍晚五点钟了。也许是象征着夏天结束的台风临近的缘故，乱云飞渡的天空开始暗了下来。

久我抽完烟，请帮忙的女佣冲了一杯咖啡，呷了一口，又想起梓的事。

如果说是下午开始手术的话，现在应该已经结束了。

是不是像预先想的那样很顺利呢？这么想着，久我又担心起来。他毅然拿起电话，拨往梓治疗的医院。

一开始拨通的是总机，要求转接眼科病房后，便传来像是一个年轻护士的声音。

“你好，这里是病房吗？”

久我调整了一下呼吸后问：

“请问加纳梓的手术已经结束了吗？”

“是哪位？”

“我是她的一个朋友，预定是今天下午的手术来着。”

“不，是问病人叫什么。”

久我赶紧报上梓的姓“加纳”，护士立刻肯定地回答：

“哦，早就结束了……”

“那……很顺利吧？”

“是的，怎么了？”

“没什么，顺利就好。”

久我向着看不见的对方鞠了一躬，放下电话。

梓的手术总算是顺利结束了。

从护士那里获悉的时候，觉得那是理所当然的，但就在刚才，脑子里想的却尽是些不好的结果。

这些都是因为两人之间的不确定性而导致的行为吗……

久我暂时安心下来，但尽管那样，他还是无法轻松地去了解所爱之人的病情，这样的关系似乎还是有点怪异。久我又喝起咖啡思忖起来。

那天夜里，久我梦见了梓。

不知是什么缘故，他梦见在类似过去曾经住过的老家堆房之类的地方，有具黑色的骷髅和陈旧的家具胡乱地丢在那里。

发现的时候，高中时代的朋友也应该在的，但一定神，只有久我一个人在。仔细一瞧，那骷髅是个头盖骨，就看见两个黑咕隆咚的眼窝。

最先发现的那个朋友还在说那是哪里的什么人的尸骨，但久我明白那是梓的头盖骨。

骷髅被胡乱地丢在用旧了的沙发边上，久我想把那头盖骨拿走，但因为头盖骨的眼窝里边有花的根盘绕着，难以分开。

正在他着急的时候，只见在堆房的一头，穿着汗衫的梓正站在那里，说头盖骨中的白花是活着的，不要弄断它。

“但是，若就这么放着，要被人发现的。”

久我还是想拉掉头盖骨中的白花，此时，在泥土的湿滑感觉中，似乎碰到了一个硬硬的东西，他一抽手，头盖骨却消失了，这个时候梦也醒了。

最近一段时间，久我并不太做梦，也许是随着年龄的增长，体力衰退了，连做梦的力气也没有了吧!

正在这么想的时候，那久违的夜梦让他觉得特别生动、清晰，以至醒了之后还呆呆地想了半天。

瞄一眼床头柜上的小钟，才凌晨四点，距天亮还有一段时间。夜色中，久我反复咀嚼着刚才的梦。

首先，梦中出现头盖骨和梓，这好像是因为听说梓的病是眼窝肿瘤的关系。

接着，他在听村木对这件事的解释时，知道眼窝就是头盖骨放眼球的凹陷处，于是留下了强烈的印象，出现在梦境中。

奇怪的是白色的花，那也许是和久我送病房的白色百合花有关系。但让人不舒服的是花盘根于眼窝里，想拉掉，却不容易分离。这时还碰到了一个硬硬的东西，忽然觉得它好像是埋在泥土中生锈的管子，醒来时，感觉身体的某个部位湿漉漉的。

这一连串的梦境中，最后的感觉与什么有关呢?

带着不解，久我迷迷糊糊地翻了个身，忽然发觉自己的下身不知不觉正硬挺着。

这究竟是怎么回事呢?

确实，过去也常常是这样，醒来的时候发觉自己下身那家伙比平时更威风地挺立着。年轻的时候还伴随着梦遗，那种鲜活的感觉已经很久没体验到了。尽管如此，偶尔在一顿沉睡之后，局部位置也会出乎意料地变大，但最近那种现象几乎没有了。

究竟是什么原因呢?

慢慢地，眼睛开始适应周围的光线，在微露的晨曦中，久我用手伸进了腿间，想起了此前与村木见面时听来的“邮票测试法”。

男人的阴茎随着年龄的增长慢慢衰弱，但即使到了相当大的年纪，还有一定的勃起力。在这方面每个人都是有差别的。勃起这种现象是在本人不知不觉中发生的。

比如在半夜，即使在本人已经入睡的时候，阴茎还在活动着，反复地勃起。

为了测试这种现象，有人发明了“邮票测试法”。比如将连在一起的几张十日元面值的邮票在睡觉前缠住阴茎。早晨醒来，邮票有几处断裂了，据此就可以知道睡眠中是否有勃起发生。

“做那样的事也能用上邮票啊。”

对于久我离开问题关键的询问，村木苦笑着说：“反正邮政省也没特别提出禁止，再说在美国也有人在做着这样的测试。”

村木介绍说，这是美国医生发明的测试法，用来诊断性无能，确认有无勃起现象，那是最简便也是最可靠的方法。

久我想起这个测试法，对着自己的家伙自言自语起来：“如果也给你贴上邮票，会断吗？”

嘴里喃喃地说着，却又重新思忖起会出现这种现象的原因来。

是由好久没有的沉睡引起的吗？可自己是在半夜里被梦魇住而醒来的，所以不能说是熟睡吧。

还有，头盖骨、白花、梓，梦里出现的这一系列情景和身体的变化有什么联系吗？

在迷惑中，久我再次触摸着自己腿间的家伙。

也许是自己的身体有了欲望……

和梓的最后一次结合，已经过了一个多星期。此前，这样的间隔根本不算什么，甚至还有过一个多月没碰面的情形，出现这样的反应倒是第一次。

或许，梓住院后，无论多么需要也无法见到她了——是不是这样的现实更激起了对她的思念呢？

“阿梓……”

黑暗中，久我轻轻地呼唤着，慢慢地眼前又浮现出梓的白色肌肤，同时传来高潮时她如同啜泣一般的叫声。

像是受到这梦幻一般的声音的引诱，久我口中喃喃地说着“想见你”，诉说着自己的欲望。终于，他为发现一个无法回避的现实而愕然。

那就是，自己如此需要的人是别人的妻子，怎么办？

久我似乎现在才发觉，他和梓这样的关系为社会所不容，是一种不正常的关系。这下他终于走出梦境世界，睁开眼睛清醒了。

虽然手术已经结束，但梓还是没有消息。

久我想，手术刀刺进了头盖骨，动过这样的手术，无法打电话也是可以理解的，但手术后的情况怎么样呢，却也是令人担心的。

久我好几次想给医院打电话，但最后都作罢。一个不是病人亲属的人询问手术后的情况，这多少有点儿不自然。

如果是家里人，就应该去病房，在那里直接询问医生手术的结果。

久我现在才感觉到自己和梓的距离。那也是无可奈何的事情，因为这是为社会所不容的关系。他这么自我安慰着，放弃了联系的念头，但只过了半天，又挂念起梓来，不知道她现在怎么样了。

这个时候是正在忍受着眼底的疼痛，还是为幻视什么的在苦恼？如果是常见的肠胃之类的手术，某种程度上还能猜测手术后病人的痛苦和烦恼，而对于眼疾就完全无法想象了。正因为如此，就越发感到不放心了。

就这么过了两天、三天。

一般的手术，要到第七天才拆线，所以一个星期不联系，那也是没办法的事。

这么一想，到了第四天，久我还是不抱什么希望。下午四点刚过的光景，书房里的电话响了起来。

一般来说，编辑的电话大多是在下午，而且是接近傍晚的时候打来的，所以，这一次他想也该是编辑打来的。他正在这么想着，拿起听筒时，女佣说了一声："是加纳女士……"

"加纳……"

久我不禁脱口而出。"喂，喂，"当他确定是梓的声音时，便急切地问道，"手术结束了吧？"

"是的，照预定的做了。"

"没问题吧？"

"正因为没问题才打电话给你啊。"

这边在急不可耐地询问，梓的口气倒是出人意料地悠闲。

"那现在可以走路了……"

"是的，我在护士中心前用公用电话打的，就是以前给你打过的地方。"

"那眼睛呢？"

"还戴着眼罩。昨天第一次脱下，能看得很清楚呢。"

"太好了……"

久我松了一口气说：

"你受苦了吧？"

"手术的当天，眼底还感觉阵阵的疼痛，但从第二天起就平稳下来了。昨天开始已能起床，餐食也和普通的没两样了。"

前些日子，久我一直在为梓的手术担心不已，现在听她轻松地说着经过，久我不能否定，心里有点儿泄气的感觉。

“一直在担心，手术不知道怎么样了。”

“谢谢你。不过，是出乎意料的简单。”

这么说来，眼睛的病确实不像手脚、内脏的疾病那样复杂，从一般的手术来看，恢复也比较快吧。

“那么说，已经是完全恢复了……”

“眼睛已经能看见了，但创口的手术线还留着呢。”

梓这么说着，突然像想起了什么似的问道：

“对了对了，我那手术之后的眼睛最先看到的就是你送的花！”

是的，在手术的前一天，久我匿名送去了白色的百合花。

“不过，是在麻醉一醒之后看见的。”

“那是什么意思？”

“就是说我的右眼一直好好的呀。”

梓接受手术的是左眼，右眼一直很正常，也没戴眼罩。

一发觉这点，梓好像觉得有些好笑。

“不过，昨天拿走眼罩的时候，左眼也看得很清楚了，所以已经没什么问题了。”

尽管手术后才第四天，梓的声音很活泼，精神似乎比手术之前还好。

“那就是成功了？”

“托你的福，真的……”

“什么时候出院？”

“还没定，再过四五天就可以回家了！”

“那马上又能见面了啊。”

“那不行，得老实一段时间哦……”

眼疾手术之后也需要安静休养吗？如果真是那样，不用眼睛不就好了吗？

“坐车来的话，没问题吧？”

“不行，我怕又要受到惩罚。”

“怎么又在说那样的话。”

“但我是说真的。”

梓这么说着，忽然压低了声音：“而且，一见面，你就动粗。”

“动粗……”久我重复着，这才发觉她说的是做爱的事。

“绝不做那样的事了！”

“我不信。”

“这次见了一定安安静静的，像伺候女王一样小心，再小心……”

说到这儿，梓不禁笑出声来：“那我就是阿岩[①]了！”

“阿岩？”

确实，手术前，梓曾经说过，在额头的太阳穴附近会留下刀疤，但那个创口究竟是什么样的呢？

“没什么大不了吧？”

“怎么说呢……”

“就是有刀疤也没关系啊。”

“真的吗？”

被这么追问，久我当即回答：“是啊，我等着你。”

“那一定下出院的日子，我就电话联系你。”

---

①“阿岩”源于日本广为流传的著名怪谈。民谷伊右卫门的妻子阿岩，她的父亲惨遭丈夫杀害，自己又因为妨碍到伊右卫门再婚而遭到毒害，虽然未死，容貌却变得十分丑陋，被附近的人们称为“妖怪”。——译者注

久我一边答应着，一边想象在护士中心前梓戴着眼罩的样子。

进入九月以后，连续几天都是意想不到的暑热天气，也许就是人们常说的秋老虎吧。在阴郁的天空之下，温度高，湿度也不低，就像梅雨季节，让人感觉心情郁闷。

梓出院的日子就是这秋老虎连续逞威的一天。

“今天出院了。”

时近中午，梓打来电话，告诉出院的事。但随后两天又失去联系。

大概是刚刚出院，需要在家里静养吧。久我这么推测，想象着手术之后梓的容貌。

梓在医院打来的电话里说的“我成了阿岩”，究竟有多少是真的？

如果真成了阿岩，那就是“无法看上第二眼”的结果，梓的声音开朗，而且又是自己说出来，所以肯定是在开玩笑。

实际上，仅仅在额头的太阳穴附近开个切口，绝不会像阿岩那样，因被迫吞毒脸变成了苦闷的模样。

最近一段时间好像很安心，没觉得有什么问题，实际上，额头留下了伤疤应该也是事实。

那伤疤究竟给梓的面容造成了怎样的影响？

本来，梓的前额就有点儿突出，前突的白皙额头，透着稳重的聪颖和俏皮的可爱。

在那个虽说是边缘的部位留个伤疤，会变得怎样呢？

久我任由自己的想象驰骋着，但就是想不出梓带伤疤的脸会是什么模样。

他能想出的是，梓在激情燃烧登临欲望巅峰时，从额头到鼻梁处浮现出的小皱纹，那小皱纹微微震颤着走向癫狂。在台灯淡淡的灯影下，有那么几次，望着那张好似快要哭出声的脸，久我也忍不住再次奔赴欲望之巅。

那皱纹是老样子，还是因为有了新添的伤疤，发生了些许变化？

开始的时候，还在为梓手术后的脸担心，一不小心却又冒出了淫猥的念头。

不知道是不是觉察到了久我这样的念头，出院后第三天，梓再次打来了电话。

“你身体好吗？”

自己刚刚住了医院，却在用这样的口吻问候别人，梓感觉有点怪怪的。久我说了一句“你一定不错吧”，然后问道：“是不是？”

“托你的福，已经除去眼罩了。”

“那是痊愈了啊。”

“不过，以后还得经常去医院……”

那大概是手术之后必要的观察吧。

“太好了，自己的工作也要开始了吧？”

“已落下好多，准备下个星期拿起来。”

“那庆祝下你完全恢复健康吧。”

“见面？”

“当然，一起吃饭吧，都好长时间了。”

久我一手拿着电话听筒，一手翻开记事本。

“我可是个阿岩哦。”

“这，我不介意。”

“真的有疤痕啊。”

“那我更想看看了。”

霎时，久我又想起勾起他奇特想象的那些情景来。梓当然不会察觉，只是嘟哝道："真是个怪人。"

"总之，早点见比较好。后天晚上怎么样？"

后天晚上，在有乐町附近的酒店，一家出版社要举行一场文学奖的聚会活动，中途可以离开。

"咱们在银座碰头吧？"

"我可不想在那种奢华的地方露面。"

"不过，好不容易病愈康复，偶尔去一下银座也很好啊。"

那地方离聚会地点不远，过去很方便。

久我不管不顾地说定了七点在靠近聚会地点的一家酒店大堂见面，再次嘱咐着："记住了哦。"

"在那种地方和阿岩见面，你会尴尬的啊。"

"和阿岩约会的话，我就不会被任何人忌妒了。"

"真为难啊……"

梓似乎还在犹豫着，她之所以犹豫不决，是因为其实她也有想来的心思。

"没问题，如果没见到你，我就认定你肯定是个相当可怕的阿岩！"

也许是这句话产生了效用，梓最后答应："那我就来吧。"

那天的聚会是从六点开始的，久我只在开头听了评委的讲评和获奖者的发言后，就离开了会场。说实话，他也根本不想听这些，实在是因为和主办方的出版社编辑有个约谈才出门的。

懒得参加这个聚会活动，是因为当时以为也许自己的作品会得奖，结果并没如愿。当初，责任编辑告诉他，久我的作品已进入提名，很有希望入选。这个奖是以既成的中坚作家为对象，所以对至今尚未得过任何奖的久我来说很有吸引力。

然而结果却是落选，而且，获奖的是一个比自己年轻五岁的作家。

本来他想，写小说和得奖并没什么关系，只要写出读者认可的作品就可以了，但是内心总是丢不开想拿奖的欲望。不知怎的，现在他总有那么一点儿已被大伙儿抛弃的失落感。

当然，在会场他绝不流露那种神情，而是和熟悉的编辑谈笑风生，说完正事就离开了会场。

他就这么坐着车前往新桥附近的酒店大堂，等了大约十分钟，梓出现在了酒店门口。

一瞬间，久我站了起来，急忙朝进入旋转门的梓跑去。

“太好了，你终于来了。”

因为见到了梓，聚会带来的郁闷心情也一扫而光，久我顾不上周围人的目光，拉起梓的手紧紧握着。

“看上去气色不错。”

这次是时隔差不多一个月的见面，乍一看梓并没有生病的影子，倒反而看上去比住院前还胖了一点。

“还是那个样，穿得真得体。”

今天梓穿的是白大岛和服单衣，系着罗纱染带。

夜幕降临的酒店大堂里，各色人等来来往往，非常热闹，而和服打扮的梓在这人群中便越发惹眼，引人注目。

“这就是阿岩了？”

“我说的可是真的哦，只是现在看不见而已。”

“得了，走吧。”

久我一手搂着梓的肩膀，步行才几分钟就到了大楼地下餐厅。

坐在这家餐厅的柜台席位上，可以看得见厨房，十分有趣，而且上菜也是开胃菜慢慢地一个个上，量不多，品种却不少，因此在女消费者中很有人气。

久我坐上了预先订好的柜台席位，然后等着梓坐到旁边的位子。但站着的梓却轻声问：

“我能不坐那边的位子吗？”

由于久我坐着的是靠顶端的席位，两个位子并排，坐哪个位子都可以。

“其实，那边是上席呢……”

因是走在前，所以久我先坐了，按照老规矩，右边的席位是上席。在滑稽故事中，提到“尊大师”时总是头朝右偏，而一说到“嗨，阿熊”时则把头歪向左边。男居右的并排规矩，包括从男娃娃、女娃娃的并排方式，到夜里枕头的位置，都按照这个传统。

过去，只有武士另当别论，女人是在男人右边的，这是因为如果女人在男人左边的话，假如在黑暗中遇到突然袭击需要拔刀自卫时，很容易伤到身边的女人。

关于这方面的规矩，久我为了写小说专门进行过研究。

“那我就坐这边吧。”

久我换坐到了右边的座位，梓说了一声“对不起”便坐了下来，然后悄悄靠近脸说：

“因为手术留下的伤疤在左脸上……”

听她这么一说，久我便转过脸来，但从他的位置看去，只能看到梓的右脸。

“不过真的一点也看不出。”

“现在是用头发遮着呢。”

被梓这么一说，久我又打量起她的发型来。梓的长发是从脑后往上卷的，但覆在额头的部分，左边的看上去更宽大、蓬松一些。

“以后就只能一直梳这个发型了。”

听着梓有些无奈的口吻，久我忽然有了很想看看那被遮住的部分究竟是什么样子的冲动。

“不可以看看吗？”

“真的想看？”

久我点点头。梓慢慢地转过身，用左手轻轻撩开覆在额头上的头发。

“喂，看见了吧？”

在柜台上方聚光灯射下的光影里，从梓的左边发际到太阳穴，可以看见长度为五六厘米的伤疤，仔细观察还可发现刀疤上好像是略施了粉黛，斜斜的疤痕隐约可见。

“这模样，很丑吧？”

“不，比我想象的好多了。”

“那可是女人的脸啊。”

梓这么说着，将黑发盖住了左额。于是，伤疤又消失得无影无踪了。

不知怎的，久我感觉像是在看变魔术，他嘀咕道：“就这么看，是一点都看不出来的。”

“没失望？”

“看你说的。”

奇怪的是，看见那个伤疤，久我甚至觉得两人之间好像又多了一个新的秘密。

“喝点什么庆祝一下吧。”

久我拿着葡萄酒酒单，狠了一下心，点了瓶九〇年的“邦玛尔”。

“庆祝痊愈！”

“还没完全好呢！”

“总之，该庆祝下。”

两人拿着斟满红酒的玻璃酒杯，轻轻地碰了一下。

“喝这点大概没问题吧？”

梓这么说着，战战兢兢地用嘴唇碰着酒杯。

久我将第一口酒慢慢地咽下：“很柔和，而且很有品位。”

然后转着酒杯说：“就像你……”

“我是葡萄酒吗？”

“成熟得恰到好处，现在饮用正是时候。”

梓呆了一般瞪了久我一眼，拿起叉子。

今天的菜，最先登场的是醋渍竹荚鱼，然后依次是焖杂色鲍、蕉壳烤梭子蟹、清炒西洋松茸。

这些菜都是装在小盆里，量不多，依序放在柜台上，很吊人胃口。

刚开始时，梓好像还很节制，后来大概是受不住佳肴的诱惑，渐渐地放开了胃口。当主菜牛肉和压轴的肉菜粥上来的时候，梓的脸颊已微微发红，那模样看上去显得更娇媚含情，久我不禁偷看了几眼，梓察觉后用双手抚着两颊轻声问道：“我的脸很红吧？”

“没什么，还好了。”

久我一边让她放心，一边想象，现在被左边头发遮盖住的那道伤疤不知道怎么样了。那条刻在额头上的伤疤会不会也在葡萄酒的作用下红红地凸现出来呢？

“嗯？我的脸真的不红？”

“有点儿，但这样子更好看。”

“不行，好像都是我一个人在喝……”

梓说着话，似乎有点儿喝醉了。其实久我喝的比她多得多。

"已经好久没有这样喝酒了。"

久我这么说着，想起已经好长时间没有和梓做爱了。

"从那时到现在过了多久了？"

"什么时候？"

"最后一次在一起……"

梓其实已经明白久我说的是做爱的事，却佯装不知的样子。

"住院前一个星期，已经有一个月了。"

那段时间，久我一直想着梓，苦苦等待着。

他并没有特意想表白的意思，但真心诚意地等待却是实实在在的。

"经常做着奇怪的梦。"

"怎么奇怪了……"

"你生病的事，还有一些奇怪的行为……"

那是白花植物的根盘绕在被丢弃的头盖骨眼窝里的梦，还有醒来时被艳事梦魇的情景。

"当然，你从没做过这样的梦，只是因为男人更单纯……"

"不明白你说的是什么。"

梓轻轻地摇摇头，再次拿起酒杯喝了起来。

久我看着梓白皙的脖颈，突然轻声吐出一句："想要你……"

梓有点慌张地喝干了酒，将酒杯放在了柜台上，用餐巾擦了擦嘴角。

看着梓的样子，久我不依不饶地继续试探着："今天夜里怎么样？"

"什么怎么样……"

"就是喝了酒之后的事。"久我的手表正指在八点五十五分，"能去青山吗？"

"今天可不行。"

“不过，是同一个方向。”

梓回世田谷自己的家，到久我借住公寓所在的青山是顺路的。

“我才刚刚出院……”

久我听了，暂时放弃了带她回家的念头，抽起了烟。

正餐后便是餐后点心，又喝了些现煮咖啡，起身离店时已经九点半了。

“今天吃得真够多的。”

梓说着答谢的话，久我却只是随口应着，专心拦出租。

银座之夜拉开了帷幕，但他俩却坐车朝着银座相反的方向驶去。

车过了新桥，久我悄悄地握住梓的手：“醉了？”

“刚才在化妆室的镜子看见自己的脸，可真够红的。”

“是的，像个红鬼。”说着，久我把梓的手握得更紧，“这样回家可不好啊。”

“为什么？”

“才刚刚出院，是和谁一起喝酒——不怕被怀疑？”

久我本来只是想开个玩笑才这么说的，梓听了却沉默不语。

也许，今天夜里丈夫在家。于是，久我再次起了带梓回家的念头。

“到我那里稍稍醒一下酒好了。”

汽车穿过永町街，驶入了青山大道。再走十分钟左右就是久我的公寓了。

“就待一会儿。”久我望着灯光通明的前方继续说着，“还有个东西想给你看看。”

“是什么？”

说实话，久我并没有什么特别想给她看的东西，但现在也只有这个办法可以留住她。

“马上就回家……”

久我忙着给司机指路：在下一个红绿灯向左拐，到了第一个十字路口后再向右转……

见梓不吱声，久我想，她应该是同意到自己家里休息一下了。

“可真是有一个月没来了！”

一进入久我的房间，梓便有些怀念似的打量起房间的一切来。

确实，梓已有一个月左右没进这个房间了，但这次更是在经历了住院手术这样的大事之后，所以也许还有着其他什么特别的想法。

“很可惜，那个插花已经枯萎了。”

原先梓住院前制作的那个莲叶加白色蝴蝶兰插花摆放的位置，现在放着的是久我在京都买来的紫砂茶壶。

“不过也放了有半个月了……”

“下次再来给你制作。”

现在久我想要的，不是花，而是梓这个人。

“我们终于又相见了。”

久我背对灯光，抱住梓的双肩时，梓也很期待似的靠上去，立刻，四唇便紧紧地交合在一起。

那是甘甜柔软的唇。久我一边享受着这种触感，一边将舌头悄悄伸入梓的口中。如同被吸引一般，梓的柔舌也颤动着。捉住它的尖端，卷入，终于，两个人的舌头完全纠缠在一起了。

经过长长的深吻之后，久我在梓的耳旁低语道：

“等你到现在。”

这一个月对于久我来说好似两三个月一般长。

“你终于给我回来了。”

确实，现在久我的感觉，就好像是一个曾经远离，自己伸手无法企及的东西再次回到了手边。

“去那边吧……”

久我想到卧室去，梓挣扎着不肯。

“说过的，不可以啊。”

“但我都等了一个月了！”

这个时候，久我成了一个耍赖的少年，而梓则变成了哄劝的母亲。

“时间已经太晚了……”

“才十点。”

“我可是才出院啊。”

“医生说过不行吗？”

“我怎么可能问这样的事？”

“那就是了，没问题的。”

“我不能自行其是。”

“那……”

如同箭已上弦，不得不发。久我体内的男性渴求已无法压抑。

“求你了……”

久我搂着梓的肩，再次挽留，梓的腰带渐渐松缓，久我趁机将梓带进了卧室。

“真的一直在等你。”现在的久我，就是要他跪俯在地求拜也愿意，“拜托！”

“不行啊，做这样的事……”梓这么说着，手无奈地抓着腰带。

久我先上了床，然后等着梓。

他没有理会梓提出的“把灯关掉”的请求，仍然亮着台灯，但把亮度调暗了。梓还在迟疑，不知如何是好，但过了一会儿终于从床的另一端钻入了被子。

久我像捧起一件宝贝似的用双手抱住梓，并把她紧紧搂进怀里。

“阿梓……”

肌肤的触感，酥胸的丰腴，还有腰部的圆润，都和以前没什么两样。虽然只不过相隔了一个月的时间，没有任何改变也是再正常不过的事，但对久我来说，似乎能这样已是十分难得。

“想死我了！”

既然已到了这个地步，梓好像也放弃了抗拒的念头。

我本不想做那样的事，但由于男人的任性和强行蛮干，最后才被拖上了床——也许正因为有了这样的借口，女人才更加大胆。

现在梓正紧紧地依偎着，将额头贴在了久我的胸前。

久我忽然觉得这样梓额头上的伤疤会痛，便问道：

“不要紧？”

梓并不吱声，也并没理解久我询问的意思。

“这样真好。”久我又说了一句便也不再作声。

事已至此，一切都已无须多言。

最要紧的是，被他当作宝贝的梓现在正静静地躺在怀里，已用不着担心什么了。

久我自言自语着，终于，他又重新恢复了雄性的本来面目，开始脱去梓的内衣。

奇怪的逆转发生在情事高潮的时候。

想着自己这次有强求的成分在里边，所以久我还是留着后退一步的余地。就算是梓答应了他，他还是会顾及对方，毕竟是手术后刚刚病愈。

自己这边尽管非常饥渴，但过于激烈的索求也许并不怎么好。交媾时应该尽量温柔以对，甚至还要更多的呵护。

然而，梓的反应与久我的预料相去甚远。从久我爱抚乳房、抚摸阴部开始，梓就急速燃烧起来，主动求索，急不可耐地等着两人合为一体。

什么时候开始变成这样子了？不对啊，这是手术之后的第一次做爱，怎么反而把情绪弄得高涨起来了？

总之，这和以前被压抑的、隐藏在某个角落的感觉不同。

感觉这是一种将以往的虚饰统统抛掉，敞开直面一切的激情。

而且，高潮退尽后，久我第一次从正面偷看了梓的伤疤。

久我是从上面紧抱着梓的，在凌乱的发丝间，一条创痕隐约地浮现了出来。

此时的梓已开始“起跑”，好像并不知道久我正在偷觑她的伤疤。登上欲望的顶峰后，那条创痕和眉宇间的皱纹也交错在了一起，一瞬间，宛如一条黑蛇在蜿蜒起伏。

久我的目光不禁被窥见的怪异面相吸引住，紧接着自己也达到了高潮，但那个影像还继续留在脑海里。

眼前的梓究竟是什么？好像是菩萨，又似乎是女鬼。

久我回味着那个残余的影像，慢慢恢复到了冷静的状态。现在他正悄悄地抚摸着无声无息的梓。

一度变得像条火柱一般的女人身体，现在还留有余热，汗津津的。久我把那身体抱过来，一边将梓的头贴往自己的胸前，一边慢慢撩开覆在左额上的头发，端详起来。

也许不知道久我正在看她的额头，梓一点儿都没有反抗。

久我不慌不忙地静静地细瞧着，刚才一瞬间出现的妖魅面容不见了，只看见一条浅浅的斜向疤痕躺卧着，梓的额头上微微沁出汗珠。

久我在额上轻轻地吻了一下，再次想起刚才做爱的经过，究竟为何如此亢奋？

远处传来车辆来往的声音，立刻让人感到夜是如此寂静。

久我的公寓在车来车往喧嚣不已的青山大道南面，还隔着一条马路，所以尽管地处东京市区中心，却有意想不到的安静。

就这样，在暗淡的灯光中，久我让自己的目光四处游散。突然，像是发现了什么，梓紧紧地搂住他不放。

“我……”

说着，将额头靠在久我的胸口，轻声问道：

“现在几点了？”

久我欠起上身，看了一眼床头柜上的钟：“十一点了……”

其实已经是十一点十分了，但他怕说出确切的时间会让她着慌。

“居然那样……”

梓嘴里嘀咕了一下，然后好像发觉自己正搂着久我，便慢慢地松开了上身。

“我是不是有点奇怪？”

“奇怪？”久我知道，梓是在说她刚才做爱时意想不到的过火行为，“很好啊。”

女人燃情过火，男人并无为难之处。女人越是燃情，男人越是喜欢。

“不过，有点儿怪呢。”梓大概想到了刚才做爱时的情形，停顿了一下，“是不一样啊。”

“哪里？”

“感觉不像是自己了。”

梓似乎想否定刚才在床上颠鸾倒凤的自己。

“突然间出现了不一样的东西。”

“从这里？”久我用手抚摸着梓尚留着余韵的毛丛，梓轻轻地扭了下身子。

“不像是我了。”

确实，像今夜这样放浪大胆的梓是很少见到的。

“是怎么了……”

当然，久我也因为被迫禁欲了一个月之久，迫不及待地求欢也是事实，但他同以往相比并没有什么大的改变，倒是梓自身的反应很不一样。

“一开始我还不答应。”

梓有点自嘲地说，不管男人如何反复哀求，女人还是冷冷地拒绝，坚持说今晚不可以。而一旦四肢相交，立刻就像换了一个人似的陡然转变。

“也许是刚出院的关系。”

“真丢脸。”

梓再次将脸埋在了久我的胸口，像是很羞惭于自己的行为。

久我轻轻地撩开她的头发，抚摸着露出的伤疤。

“刚才，我吻了这里。”

久我轻声说着，想起在到达欲望顶峰时，额头的疤痕和耸起的皱纹连在一起，像一条拼命扭动的蛇。

“已经不要紧了。”

那条伤疤刚才还血脉贲张一般，而现在则分外安静，像是一条温和的青筋。

"你刚才说的话……"

久我又将话题回到梓随时都会被点燃这个方面来。

"是不是因为手术后的关系？"

"怎么了？"

"那种不舒畅的障碍消除了……"

是不是经历了手术这样的体验后一下子什么都看穿了，把过去的那些迟疑和困惑一下子都丢得干干净净了？

"手术之前我就这么想了。"

梓用头发遮住伤疤后说了起来。

"弄不好，我也许就这么死去。一想到这些，我就什么恐惧也没有了……"

"所以，放开了？"

"不是啊，你总是立刻就想到这上面去了。并不是这么回事，而是觉得现在活着非常重要。"

梓想说的这些，其实久我也有所察觉，而且他觉得也许正是这种切身感受导致了刚才做爱时猛浪放肆的结果。

"不过，这样很好。"

也许是一个月的空白期太长的缘故，久我觉得隔了这段时间，梓回来后好像变得更加娇媚，更加美艳了。

"总之，能相见真是太好了。"

再没有比做爱后彼此肌肤相亲，无拘无束交谈，更容易有好的心情了。这种情形也许就是俗话说的后戏。后戏更充实，情事就更有余韵，更能加深感情。

但久我的心里却有个疙瘩解不开。

梓在欲火逐渐平息后，最先询问的是时间。以往一听到十一点了总是心神不宁的样子，而现在却像什么都忘记了似的横躺在床上，看不出特别着急的样子。

当然，这对于久我来说是件高兴的事，但看见梓过于悠闲，他心里还是掠过一丝不安。

久我又偷觑似的看了下床头柜上的钟，时间已经过了十一点半。

此前和梓见过几次，但像这样晚回家还是第一次。实际上，就算是现在立刻动身，到世田谷的家也得十二点半或者将近次日凌晨一点。

而且，梓见面时说过今夜要早点回家的，因为做了手术刚出院不久。所以久我也不指望什么，那也是没办法的事。

然而，为何今天却格外不慌不忙了呢？

担心归担心，但现在催促她回家又感觉不自然。

久我再次发觉自己的态度十分矛盾。

先前一直想的是不让梓回去，而当梓真的不回去了，又担心起不回家怎么办了。

这样下去，梓回家要明天凌晨了，那样和丈夫见面会发生什么事呢？出院还不到一个星期的妻子过了半夜十二点才回家，做丈夫的能允许吗？如果丈夫不答应，不就要分手了吗？

这样想着，久我越发不放心起来。

确实，此前他爱着梓，有时候发疯般地想见到她。但不能不说，那是因为她是别人的妻子。换句话说，他是只想到梓是别人的妻子，才这么不弃不舍地追求。

但现在，一想到假如梓突然之间从人妻这个束缚中解放出来，变得自由的话，该如何应对，久我就没了头绪。至少他似乎不会把这看作得到梓的机会而马上接受。

自己已做好这个思想准备了吗……

也许是觉得突然沉默不语的久我有点奇怪，梓便问道："你在想什么？"

"没什么……"

久我含糊地应道，然后像突然想起了什么似的问道："现在几点了？"

"已经很晚了呢。"

梓这么说着，却一点也没有着急的样子。

"今天，不要紧吗？"

"什么？"

"即使很晚回家……"

"也不是吧……"梓像是在说旁人的事似的嘀咕了一句，然后又将身子偎在久我怀里，"你真坏呢。"

"我坏？"

"是啊，变成现在这样子了。"

那是在说，不知不觉地燃起情欲是由于久我的缘故吗？

"那住下吧？"久我横下心试探着问了这么一句，梓却轻轻地摇了摇头。

"不回去可不行。"

"那现在回去的话，到家也要十二点多了！"

"啊，不得了，该走了。"

听梓这么一说，这下倒是久我又恋恋不舍起来。

"不能住下？"

"那可不行！"

过了十二点钟回家不觉得有什么，但不能住下，那又是为什么呢？久我再次用手抚摸着梓圆润丰满的腰部。

“真想去哪个地方旅行一次啊。”

和梓两人一起旅行，最近的一次还是半年以前的事。那次梓参加一家百货店在仙台举行的花卉展，久我也跟着去了。

“九月底大概能去吧？”

“哪里？”

“去京都，赏月季节，在大觉寺有活动。”

梓曾获得大觉寺颁发的嵯峨御流的授课资格证书，常受各地委托制作插花。

“果真能去？”

“申请看看能不能行。”

赏月会是什么样的活动不清楚，但在仲秋皓月下，和梓两人在京都的大街上闲逛，倒也不坏。

“你也跟着一起去吧。”

“好的，我也考虑一下。”

久我答应着，又抱住了梓。

刚才还在想时间差不多了，还是快点回去的好，而现在却又希望就这么搂着温软的肉体过上一夜。

对方住下的话会担心，回去又生出留恋之情。对自己的飘忽不定，久我感到烦心。他再次轻轻地吻起梓来。

一穿起和服，梓的动作可真够快的。

此前应该已洗过澡了，然后一直到穿戴整齐，只花了二十分钟。

久我不禁打心眼里佩服，到底是教穿衣技巧的老师！而梓似乎对发型还有一点不满意。

她在卧室的镜子前，横竖看不顺眼，便掉转头，用手撩着头发。

久我在边上斜眼看着，轻声赞叹：“真是个有气质的女人。”

“能这么说我的，也就是你了。”

“别人也想说的，只是不好意思罢了。”

“谢谢。”

梓对着镜子施礼，然后说：“刚才我说了，在手术前我可想了很多。”

“比如？”

“索性不做手术逃出去算了，或者，还是死去更好一些。再一想，把这个病治好后要好好做次爱，但又想，再不做那样的事了……”

“也曾想过我吧？”久我笑着说。

“当然，想了好几次。那时在想，他现在不知在干什么，说不定早忘了人家在外游手好闲呢……”

“哎呀，没那样的事好吧？”

这时梓好像忽然想起什么似的问道：“‘短暂之恋’，听说过吗？”

“好像是有这么一首歌。”

“是的，那是过去妈妈一直唱的，所以记得很清楚。那是很久以前的老歌了……”

说着，梓低声唱了起来。

> 夜之银座，七色霓虹；
> 奉献给谁，炽热双唇。
> 短暂之恋，啊，彩虹之恋；
> 无意中碰触到的手指，令人伤感。

梓这么一唱，久我也觉得有点耳熟了。现在看来，那是首节奏很慢的歌，听了让人身子发软。

“进手术室前忽然想起了这首歌……”

“为什么？”

“也不知道为什么，就是一下子浮现在脑海里。尤其是那‘短暂之恋’几个字。”

梓拾掇完了，离开镜子。

“那个，是不是在说我们的事情？”

“是吗？”

“咦，刚才你不是在这么说吗……”

“不过，这世上的一切，还不都是转瞬即逝的吗？”

这么说来，确实是这样，这世上的一切都会在时间的长河中消失。

久我沉默不语，梓转过头来，倾诉般地说：“这么一想，也就没什么可害怕的事了。”

“害怕？”

“有了那样的认识，也就什么都无关紧要，就想着一切顺其自然了……”

久我一边点头，一边在想，这次手术对梓果然是个大考验。

“人活在这世上也不过五六十年吧？”

“不止吧……”

“不，是的，能真正健康、自由生活的年头也就这么短。不，也许就只是其中的二三十年。”

被梓这么一说，似乎也正是这么回事。

“现在我已经没什么可以害怕的东西了。”

久我点着头，心想，今天夜里即使过了十二点也看不出任何慌张的神情，也许和她有着这样的心情有关。

第四章

沁　身

久我到达与东京火车站相连的车站饭店咖啡馆的时候，他的手表正指着下午一点半。

和梓约定的时间是一点五十分，所以还有将近二十分的宽裕时间。

久我要了咖啡，一边抽着烟，一边注意着门口。

每次等候和梓会面，他总是会产生“她会不会不来”这样一种焦灼心情。

梓是个很守时的人，到目前为止还从来没有失约过。久我明知这一点却还是放不下心，显然是考虑到梓的有夫之妇的身份。

说不定正要出门时被丈夫叫住了，虽然至今还没有过家里忽然发生了无法出门的急事。一想起这些，久我便会坐立不安，但要是真的不能来，应该也会用移动电话联络的。

正这么一边想着，一边喝着咖啡的当儿，正面的玻璃门被推开，梓出现了。

在进入的一刹那梓好像也认出了久我，她笑意盈盈地点着头走了过来。

今天梓穿的是粉茶色结城茧绸料子和服，配上姜黄色的染带，手里还提着一个大大的旅行袋。

“等久了吧？”

“不，还好。”

梓刚坐下一会儿，可能是感到有点迟到了，便又说：“还是走吧？”

离新干线“希望”号发车还有一些时间，不过现在就去站台也许比较从容。

久我结完账就和梓一起朝外走去，从北入口进入检票口。

刚过中午，车站大厅里比较空旷，但还是有不少人来来往往。

久我穿着灰色套装，身边就一个看上去有点大的黑色皮包。梓的和服装扮也许真的比较惹眼，擦肩而过的人几乎都会朝她看上一眼。

梓稍微退后久我一步走着，但外人还是能看出两人是一起的同行者。

说实话，久我不太在意别人的眼光，相对而言，他更担心的倒是梓。在东京站也不是肯定不会碰见熟人，但她一点儿介意的样子也没有。

是女人的胆子特别大，还是已经放开不顾了？

久我心里这样佩服着，便走到了站台。离开车还有十分钟时间，列车的门开了。

进入软座车厢与梓并排坐下后，久我才松了一口气。

只需这么默不作声地坐着，两个小时多一点就可到京都了。到了京都，就不会碰见熟人了。

但又一想，如果坐在软座车厢里被发现，那也是无处可躲的。不管怎么分辩，两个人一起出去旅行，是明摆着的事。

新干线开始启动后，久我询问坐在靠窗的梓：

“没遇见熟人？”

"没啊。"

梓微微一笑，问：

"你碰见谁了吗？"

"不，也没……"

久我回答着，心里越发感到自从出院以后，梓变得勇敢坚强了许多。

新干线飞快地奔驰着。下午四点十分，两人按预定的时间到达了京都。

一到京都便径直前往久我经常投宿的位于蹴上的旅馆，放下行李，直奔嵯峨野的大觉寺。

这里本来是嵯峨天皇居住的地方，正式的名称叫"旧嵯峨御所大觉寺门迹"。它既是真言宗大觉寺派的大寺院，般若心经写经的根本道场，同时也是花道嵯峨御流的总司所。

梓具有嵯峨御流的授课资格，曾为讲习和接受证书来过几次。但像今天专为观月会来这里好像是第二次。

京都久我也来过几次，那是为了写幕末的小说采风，但大觉寺的观月会却是第一次参加。

听梓介绍说，每年的八月十五中秋满月，这里的人们便在接通五大堂的大泽池中泛舟赏月，更在观月台上乘着习习凉风举行赏月盛宴。

受到邀请的都是与大觉寺关系密切的人，梓因为是嵯峨御流的传艺人，故而也在受邀者之列。

"像我这样一个不识风趣的男人跑到那里合适吗？"

一开始久我有点犹豫要不要去，梓却说没关系，就说是一起来的同伴好了。但久我总感觉有些别扭，又不是她堂堂正正的丈夫，倒是梓对此不怎么在意。

“不管怎样，很值得去看一看啊。”

被梓这么一说，久我与生俱来的好奇心终于占了上风，便跟着梓来了。

从蹴上到嵯峨，等于是从东头到西北横贯整个京都，到大觉寺时已是下午五点半过了点。还好离入夜还有一些时间，他们便去了总司所，梓带着久我参观了大厅、教室等，然后去了与问询处连在一起的卖品部。

在颇为宽敞的一角，只见除了花道书籍、花材以外，还陈列着好几排各种各样的花器，梓选购了用竹子编成的山科笼和刚竹做的管筒。

“下次用这个给你做插花。”

梓手里拿着的细长山科笼是一种涂着暗黑色的竹子，看上去倒是与秋天的草花很相配。

关照将这两样花器托运到东京以后，一走出店外，夜幕已经降临，只见宸殿的前院人越聚越多。

幸好台风刚过，碧空如洗，从正面池子吹过来的风很是惬意。

一会儿，从左边平缓的山脊上升起了一轮明月，将夜空照亮。

“噢……”顿时，人群中发出了欢呼、赞叹交织在一起的声音，紧接着又响起了整齐的掌声。

确实，那是今夜的主角登场了。

随后，背对着明月，事务长发表讲话，干杯之后便开始了笛子和琴的演奏。

似乎是受到音乐的吸引，一轮皓月显得越发明亮，把抬头赏月的人们照得明晃晃的。

池子里，亮着六角纸灯的龙头船浮在水面上，五大堂的观月台上，只见青年妇女在对着月亮合掌祈祷。

望着这优雅的世界，恍如回到了久远的平安朝时代。

梓好像在聚集的人群里有一些认识的人，只见她正和两三个人交谈着，久我则在离几步远的地方佯装不认识似的站着。但在月光的照耀下，似乎还是可以看出那是随同梓一起来的人。那些人离开的时候向他轻轻点头行礼，久我则慌忙回以目礼。

就这样，久我慢慢地朝着观月台方向走去，这时，刚才和穿着黑色僧衣的僧人说着话的梓赶了上来。

“感觉怎么样？”

“果然好看，不枉此行。”

若是在东京，别说赏月，怕是连明月高照这件事都已经忘了。

“刚才想起了芭蕉的一首俳句：‘中秋月，绕池赏，不觉天已亮。’”

由于那是一首脍炙人口的名句，梓在低声吟诵时有点儿难为情。不过，确实很符合眼下的心境。

“刚才那师傅介绍的情况真是有趣哪！”

绕着池子，梓开始说了起来。

据说，本来嵯峨天皇居住的地方，在现在的大觉寺稍微靠东北方向的那个位置。那一带地势稍高于池子的水面，所以在那个地方坐下，整个晚上都可以欣赏倒映在水池里的月亮。

“我们是抬头望着天空赏月，而天皇陛下则是低着头，观赏映在水池里的月亮。”

也许那真是所谓的极尽奢侈之风流吧。

久我急着想去观月台，登上了阶梯。走完木制的、不怎么牢固的阶梯后，差不多可以将池子的全貌看遍。

“那个地方是个宫禁呢。”

如果左边那黑魆魆的山脚下果真有皇宫的话，从东望西，也许真的一整晚都可以观赏映在水池里的月亮。

“月亮还是映在水池里的最好看。如果是映在江河大海里的话，会因水流和波涛被割得支离破碎。”

那水池、宫禁也许都是为了欣赏美丽的月亮特意建造的吧。

现在，那轮明月正慢慢地在水面上走过。虽说是水池，但还是有微小的水波，水中的月亮轻轻摇晃着，但还是保持着圆形。

于是，久我又想起一茶的诗：“中秋月，给我摘，乳儿哭着要。”映在水池里的明月好像也抱有与这句诗所表达的相同情思。

“没想到月亮这么亮。”

“你的脸看得清清楚楚呢。”

“你也很美。”

久我说着，又在想，梓现在被头发遮没的那个伤疤在明月的照耀下也应该能看得很清楚吧。

全体出席人员用餐之后，八点一过，聚集在一起的人们，怀着对一轮满月依依不舍的心情，三三两两地离去了。

久我和梓也在八点半离开了寺院，半路上拦了辆出租车，顺便去了久我熟悉的祇园酒吧。

那里本是一家茶馆，后来在靠近入口处一角辟了一个有艺伎陪酒的酒吧，所以不用预定就能进去。

“啊，欢迎光临，您可真是稀客啊。”妈妈桑原来是祇园的艺伎，她夸张地做出很吃惊的样子，张开手臂把他们迎进店里。

过去，久我为写作采风时常来这里，最近已有很长时间没来了。

于是两人赶紧并排坐上了吧柜，要了兑水的酒。

“呵，一起来的那位可真漂亮，不错啊。”妈妈桑在久我和梓身上来回看着，把酒杯放在了两人面前。

从年龄上看，如同夫妇一般，一点儿也看不出什么不对劲的地方，但妈妈桑似乎只一眼就明白那不是妻子，而是另外一个人。久我也没想刻意隐瞒的意思。其实，像祇园这种地方本来也不是不解风情的处所。

当久我说起刚从大觉寺的观月会回来时，妈妈桑点点头说，店里的客人也有去过那里的，自己也很想去那里看看。

“好像不是有特殊身份的人不让进呢。”

“这位是嵯峨御流的先生……”

一听久我这么介绍梓，妈妈桑立刻说她也知道嵯峨御流，这附近也有个具有授课资格的人。说着，和梓的谈兴便高涨起来。

这时，久我有点儿被人撇下受冷落的感觉，但转而一想，听两个女人交谈倒也是件有趣的事。

就这么过了将近一个小时，趁着有客人来，他们便走出了酒吧。

两人信步闲逛着，不知不觉便来到了横跨白川的辰巳桥附近，只见柳树顶上，一轮明月轻轻飘浮着。

低矮房屋鳞次栉比的花柳巷子、底下流水潺潺的辰巳桥、桥上来来往往的客人和穿着高跟木屐的舞伎。

这一切构成了祇园独特的景致。

来来往往的人们大概都知道今夜是满月，连舞伎也停住了脚步，抬头观月。久我一时对着月亮和舞伎看得入了迷，一会儿便来到“辰巳稻荷”前，和梓一起参拜。

行了一个礼后，合掌闭目。

倒没有特意要祈愿的事情，只是希望眼下的幸福能一直持续下去就好。看了看旁边，梓还在祈祷着。

为了家庭，还是为了额头上的伤疤？久我静静地等着。终于，梓结束了祈祷，转过身来。

“走吧。”

不知怎的，久我忽然有了去挽住梓的手臂的冲动，他伸手将梓拉到身边。

梓就这么被拉着手，两人并排走着，来到赏花小径拐弯处，梓像是想起了什么似的说：

“果然是出来好啊。”

“果然？”

说起来，这次旅行还是梓提出来的。

“怎么，有什么不便出门的事情吗？”

梓继续挽着久我的手说：

“今天，其实是妈妈的生日……”

“你妈妈？”

见梓轻轻地摇头，久我明白是指她丈夫的母亲。

“那怎么样？”

“他们都说，因为要给妈妈做寿，所以……”

在婆婆做寿的日子，她却和一个不是丈夫的男人去京都旅行。这样的事情要是给家里知道，会是怎样的结果呢？

“不要紧吧？”

“不过，我已准备好了祝寿的礼品。”

久我觉得这根本就是两回事，便也难以开口再说什么。

“我已托蓉子办了，没什么问题的。”

“蓉子？”

“我女儿。”

这下久我才想起，梓是有个二十岁左右的女儿。

“那你女儿知道我们的事情了？”

“知道呀。”

梓爽快地回答。此时她为躲避一个走近的醉客朝边上靠了靠，接着说：

“那个孩子，没法瞒住她什么事情。”

在来来往往的人群中，梓的表情格外轻松。

“她现在可是我的同党哦。”

“不过……”

就算是因为女儿已经知道了母亲有婚外情，这样就可以放宽心了吗？

“不要紧的，那个孩子说不会说出去，就不会有问题的。”

难道她是和女儿串通好了之后，才来京都旅行的吗？

久我一方面放了心，同时也为梓的大胆有点儿不安。

两人回到蹴上的旅馆已是晚上十点多了。

这个旅馆靠近东山的山脚，置身于绿色的山体和清净的空气中，让人感觉心旷神怡，久我非常喜欢。

侍童带领他们进入的房间在七楼，东北向。房间正中是一张很大的双人床，顶头靠窗处是两把椅子夹着一张桌子。

久我把包放在行李台上便想起来，这个旅馆的东面是有个观月台的。

由于和房间的朝向是同一个方向，现在应该能够看到月亮。

“去阳台上看看怎么样？”

久我打开用整块玻璃制作的门走出屋外，梓也跟了过来。

虽然外面的空气还不至于让肌肤感到寒冷，但掠过脸颊的微风还是略略有着秋的凉意。

“从这里应该可以望得见。”

探出阳台朝东面的方向望去，只见一轮圆月正高挂在夜空中。

刚才在大觉寺看到的月亮的位置还比较低，像是刚刚从山顶上升起的样子，而现在则几乎悬在了天空正中。高度上升了，形状也变小了，亮度也相应地增加了。明晃晃的月亮把如同盖着棉被躺着睡觉似的东山照出了连绵的峰峦。

“感觉像是一伸手就可以触摸到似的。”

正如梓所说的那样，与其说那是悬浮在宇宙中的月亮，莫如说那是一个被贴在夜空上的黄金球。

“别看它那样光彩照人，仔细观察的话，可以看见里面有图样的。”

要是太阳，光线太强当然无法直视；而月亮的亮度要弱一点，反而可以一窥内中的乾坤。能让人稍稍窥见些什么，那也正是月亮的魅力所在。

“玉兔正在看着我们哪。”

梓好像看见月亮里的兔子正俯瞰着凡间的芸芸众生。

“好像也有人说那里有老鼠、青蛙什么的。”

“那不怎么浪漫了啊。”

“还有人想象月亮里有城市和宫殿。”

“那太美妙了！”

人类现在已经能够登上月球了，但中秋的圆月却另当别论，还在激发人们奇特的想象力。

“看，动得还真快。”

久我点头答应着，忽然发现自己和梓的样子还真有点可笑。

在大觉寺，听说嵯峨天皇是一整夜向下观赏倒映在池子中的月亮的；与之相对，现在自己和梓则抬起头，仰望头顶上的月亮。

“到底是庶民……”刚说出这么一句，忽然听到从右下方传来年轻女人的说话声。

虽然听不真切在说什么，但好像楼下的阳台上也有正在观赏月亮的人。

“看样子大家都在赏月。”

“应该是吧……”

看的人多的话，应该会更热闹些。但就在这说话声之后，立刻又恢复到先前的静寂。

“那边也许会有追月的人吧。”

久我用手指着东山山脚下连绵不绝的万家灯火说。

灯火穿过山谷延伸开去，而似乎要吞噬这片灯火的一大片黝黑想必是黑谷或者吉田山一带。不管是京都的大街，还是山谷、山峰，明月将它青绿色的光辉均匀地洒在每个地方。

“这样赏月，就感觉月光好像要渗进身体似的。”

梓双手扶在阳台的栏杆上说。

“有人说，月亮很像女人，你是不是觉得很贴切呢？”

听梓这么一说，久我也觉得确实是这样。

“人们常说月有阴晴圆缺。这满月就会慢慢地变亏，然后成了下弦月，到最后几乎看不见踪影，再接着又慢慢地变盈，最后成了圆圆的满月。就这样盈了亏，亏了盈，周而复始，每天都不一样。”

确实是有人用月亮来比喻女人的身体，女人的经期就叫作“月经”。

“每天不一样？”

“当然，各人情况不同，确实是不一样的。”

确实听人说，女人的身体随着经期而变化着，与此同时，心理状态也起伏不定，但究竟达到怎样的程度呢？

每天都不一样？这对于久我来说是个难以想象的世界。

“男人没有这样的情况。”

“真让人羡慕。”

“不过，男人有一个共同的特点，就是经常以相同的风速在身体内部吹着偏西风……”

“女人却是时而风和日丽，时而狂风暴雨，不好受呢。”

“你认为这不好受，但男人天天一个样，也太没变化了，要说有多无聊就有多无聊。”

“那是你没体会过暴风雨的厉害。”

听她这么一说，久我也不吱声了。

“那么，现在是满月？”

“哎，怎么了？”

难道是说，随后梓的身体状况就要慢慢地走下坡路了？

“已经走到那边去了呢。”

正在说话的时候，月亮也在慢慢走着，现在上身不探出阳台已无法看见了。

“我得抓住它……”

抬头仰望的当儿，月亮继续移动着，挂上了左边的旅馆突出于墙面的房檐。

“不行不行，月亮公公等一下……”

梓慌忙伸出手来想抓，但月亮却无情地拒绝了她的请求，消失在屋檐的背后。

也许是被夜风吹的时间长了点，感觉有点儿冷。

“洗澡水已放满了，你先用吧。”

久我顺从地先进了浴室。

为了今天的旅行，早上难得起了个大早写稿，随后一过中午就去东京站会合，下午稍迟时分到达京都，在大觉寺和旅馆的阳台上赏月。

久我一边回想一天的日程，一边将身体浸泡在热水里，但他并不贪恋。

从小开始，他虽然不讨厌洗澡，但不喜欢长久浸泡在热水里，这个习惯直到现在还没改变，十分钟左右就离开了浴缸。

然后用浴巾擦拭身体，穿上浴衣。

系纽扣的时候发现自己居然吹起了口哨，久我不禁苦笑了一声。

毕竟今天和梓一起来了，今天夜里可以和她一起安心地过上一夜。也许，这种安稳感使得一个过了五十岁的男人重新体味到了少年的心境。

久我一走出浴室，已换上浴衣的梓便接着走了进去。

两人擦身而过时，久我轻轻摸了一把梓的腰部，“不行！”梓撩开了他的手。

被拒绝的“少年”从冰箱里拿出啤酒喝着，然后仰躺在双人床上。

如果这么一直闭着眼睛，也许就睡过去了。

但今天可是难得和梓一起来一趟京都，自己先睡着了有点儿可惜。他这么想着，更觉得以这样的状态睡过去，那才是真正的浪费。

总之，今天夜里梓是什么地方都回不了了，整个晚上就躺在身边，可以让久我心满意足了。

久我关掉房间的大灯，打开床头柜上的台灯，然后去找正播放着音乐的收音机开关。无意间看见了数字钟显示的时间是十一点二十分。他突然想起在回旅馆的路上梓说的话。

现在，在东京的家里有梓的丈夫和女儿，只有女儿知道母亲去了哪里。

处于这样的状态，父亲和女儿会说些什么、想些什么呢？不，也许父女俩从一开始就什么也没说，早已待在各自的房间里了。

这么想着，久我渐渐觉得梓是个坏女人，而诱使这样的女人出轨的自己，想起来更是个坏男人。

还是别去想这些没必要多想的事了吧。

久我调整了一下心情，打开了电视机。新闻节目中正播映着东山顶上月亮的模样，同时报告说，今夜是月圆的十五之夜。节目正在转为体育话题时，梓从浴室走了出来，于是久我关掉了电视。

借着床头柜淡淡的灯光，只见梓穿着浴衣，头发盘在了脑后。

久我期待着她会直接钻进被窝来，没想到梓却默默地走向阳台，左右拉开了窗帘。

“月亮已经看不见了吧？”

对着躺在床上的久我，梓顿了顿说：

“不过，东山看得很清楚。”

刚才从旅馆顶上走过的月亮，更偏西了，现在也许正将月光斜斜地映照在东山上。

望着拉开窗帘，默默站着的梓的背影，久我忽然觉得，梓大概是想家了。

“来吧……”

梓理应听到招呼声，但她的背影一动不动。

望着梓圆润的腰部，久我又唤了一声。

“怎么了？”

这下，梓好像终于听见了似的离开阳台，走近床来。

说实话，久我是有点焦急了。

洗完澡后他就急不可耐地等着了，但梓却去了阳台，眺望月光下的东山，没有一点上床的意思。她知道男人正在等待着，却故意拖延时间。

显然，她是要让渴望着的男人焦急一下。不，这也许只是男人单方面的感觉。

总之，作为让其焦灼等待的一个报复，久我以比平时更粗鲁的动作解开了梓的细腰带，在其一丝不挂的时候轻声问道：

“刚才你说月光渗进身体……”

梓大概以为久我立刻就会要她的身体，便不知所措地屏住了呼吸。

面对听从摆布的女人身体，久我接着问：“那么喜欢月亮？”

梓诚实地点点头：“月亮比太阳好啊。”

久我忽然想起以前读过的一部法国小说。在阳光灿烂的阿尔及尔海滩上，一个女人朝天仰躺着，恍惚中觉得自己正与太阳在交媾。

把这个故事告诉了梓后，久我问道：“你对月亮也抱有这样的感情？”

“是啊。”

听着如此干脆的回答，这下轮到久我畏缩了。

“有这种事？”

“其实也并不是如你想象的那样，只是一看见月亮，就觉得好像有什么东西射入了全身，有一种完全被映照的感觉。”

染指女人的身体，月亮倒也一点不马虎。

“那么太阳呢？”

“太阳总觉得太热了，太直率。不过月亮也有火辣辣的刺痛的感觉……”

久我再次回看自己臂弯里的梓的身体。

如此白皙、娇艳的女人身体，受到月光的照射会感觉火辣辣的疼？

久我有点儿懊丧地问：“比男人的感觉好？”

“什么？”

“比被男人抱的感觉好？”

“那……”

梓把脸靠近久我的胸口，似乎在忍着不笑出声来：“你在说什么啊，这完全就是两码事嘛。”

“那就好。”

久我也忽然发觉自己在忌妒月亮，便再次抱起了梓。

“现在，不是月亮的东西就要进去了。”梓扑哧一笑，久我则一本正经地说，“让你以后再也不想要月亮……”

这时，久我忽然想起梓曾经说过的话，随着经期的临近，快感也会变得强烈起来。

“现在怎么样？”

“什么？”

“身体呀。”

梓沉默不语，好像在说，这不用回答吧。

久我爱抚着梓的酥胸和私处，然后缓缓地插入。

一瞬间，梓身体后仰有点儿抵触的反应，但随即便紧紧贴在一起不再分离。

久我一边融于这炽热、黏稠的感觉中，一边切实地感到自己现在成了月亮，正进入梓的世界。

在和梓结合的时候，久我产生了一些奇怪的想法。

不知道从什么时候起，具体时间已无法说清，感觉梓身上有些东西在发生着变化。

本来，梓在性上面并不属于积极的人。你有求于她了，她就接纳，在反复的爱抚中渐渐地达到高潮。作为一个成熟的女人，在床上，她肯定是游刃有余，有着足够的智慧和技巧。

但这并不是说，她会更加奔放和淫荡。与生俱来的天性，再加上刻板、严格的家庭教养，养成了其节制、拘谨的性格。虽然她迈出了所谓乱搞男女关系这大胆的一步，但总保留着一小步，有些不知如何是好的困惑。

说得明白一些，久我正是被梓的这种二律背反式的用心所吸引。

自己其实并不想做那种事，在十分被动的情况下被男人点燃了激情——梓的这种踌躇和出轨的合二为一，反而激起了久我对她的眷恋。

当然所有这些并不是梓刻意表现出来的。

可以说，那是天生的压抑和现实的张扬，两者交叉融合后自然生成的奇妙产物。

然而，现在这个自然生成的奇妙产物似乎正在发生着微妙的变化。

最近，也就是近一两个月，具体来说，就是在决定住院时开始，在床上，梓的态度发生了明显的变化。

在答应之前还是像过去那样拘谨，而一旦被点燃之后，便忘记所有，全身心地投入其中，直到激情退潮。这个过程与过去没什么大的变化，但可以窥见，现在还多了一种想自我埋没、沉溺于这愉悦当中的类似执着的东西。这种东西和单纯的奔放、好色不同。女人的身体随着做爱次数的增多，感受性也越来越敏锐，从而卷入更深的愉悦旋涡中。这和进入走向成熟的阶段有点儿不同。

当然，也不能说没有那种用心，而是在这基础上，对于性，似乎加入了一种不是贪欲而是真挚、不是好色而是实在的成分。不用说，久我并不讨厌这种变化，反而更喜欢、欢迎这种变化。

照着这条路一直走下去会走到哪里？总有该刹车的时候吧？想到这里，久我突然有了一种类似被迫乘上不知终点的暴走车的不安感。

现在，京都圆月之夜性的盛宴也确实在满足着这种专注和激情。不知不觉地，但确实是在结合的一瞬间，原先压抑的梓不见了，取而代之的是另外一个炽热的梓，并开始奔跑起来。

对于这种专心的投入，久我已无法忍受，他早就起了放弃的念头，到此为止吧。但梓似乎还远远没满足，要求再继续下去。

明白地说，现在的久我所有的精气已被一吸而空，像是刚刚蜕了壳似的躺卧在床上。

女人是不是一到四十五岁前后，就必定会有如此的奔放和丰穰？

久我激情退潮后的大脑漠然地想着这个问题，转头看了看躺在床边的梓，只见她头发凌乱，双眼紧闭。那样子与其说高潮退尽后疲乏的身体在睡眠的世界里彷徨，不如说还在慢慢地回味刚才沁入全身的快乐。

久我靠近那如今已停止运动的女人身体，喃喃地说道：

“真厉害啊……”

见没有反应，久我再次将下颚抵在梓的肩上说道：

“这样的……”

还没等久我把“这样的情形可是头一次”这句话说完，梓像是要遮住他的嘴巴似的突然靠过来。

久我虽然双手抱着不着寸缕的梓，但距紧紧抱住这样的感觉还有一点儿距离。

从上半身到下肢肌肤相凑，但这种交合还多少留了些空隙。

就这样，忽然久我想起，梓在登上欲望巅峰时曾露出一声“快来……”

不知为何，那一瞬间一股爱意涌上心头，久我就此完成了欲望之行。

“快来……”这个词在英语中大概是“Come on”吧？这么无聊地想着，接着他又想起，那是渴望全面接纳你，感受你的强劲和温柔，以至兴致高涨起来。

哪个男人听了这个词都会冲上欲望之巅。

正想着这些，大脑中的某一处忽然冒出“不过……”这个想法来。

此前，和梓之间，不用说是非常注意防止怀孕的。毕竟不是正式夫妻，如果出现这样的后果会是非常麻烦的。

这倒不单是久我在担心，其实两个人都想到，要避免在怀孕可能性较高的日子前后做那档子事。

幸好，梓的月经周期很稳定，到现在几乎没发生什么事情。

但是不久前，梓的态度发生了微妙的变化。过去，在风险比较大的时候梓会主动告诉他，而最近好像忘了似的什么都不说了。

倒也不是可以借机多做几次爱，其实久我也常常忘了问。而今天夜里他想到了这个问题。

“今天还是没什么问题吧？”

从忘我的激情中稍稍清醒过来后，久我这么问道。

“放心好啦……”

梓好像没明白久我想问的是什么。

在难得的满足之后询问这样的问题是不是有点儿扫兴？久我这么想着，但还是继续说道：

“你最近好像不留意这个了……”

这下梓大概是听明白了，离开久我的臂弯，轻声说：

“这段时间，我好像是有点儿特别。”

“特别？”

“不觉得特别吗？”

被梓这么反问，久我便重新回忆最近一两个月来梓的行为。

那还说不上什么特别，但确实和以前有点不一样。

“从住院的时候开始……”

久我说了这句后马上又改口说：“该是从出院后开始。”

“果真是这样啊。”

梓像是有预料似的喃喃地说：“最近以来，我觉得什么都是宝贵的。”

“宝贵？”

“是啊，那些看见的、听见的，对我来说感觉都是重要的、可爱的……”

所以要将男女交媾，以及交媾时男人的元气等都吸收到自己的体内？久我已明白了一半。此时，梓再次将身体靠了过来。

“这样的我是不是很讨厌？”

“不，没……”

他绝没有认为燃情过头的梓是讨厌的。

“最近这段时间，我自己都不明白。”

“不明白什么？”

“我自己。”梓顿了一下，又像自我确认似的说，“也许是焦虑吧。”

“焦虑？”

“是不想失去。”

这话倒是梓第一次说起。

那究竟是生病的缘故，还是年龄到了四十五六的关系？

“没关系啊。”

也不知道这话用来安慰梓是不是有用，久我静静地抚摸着梓的后背说。

第五章

凄　绝

有时候，脑子里会突然跳出一个意想不到的词来，而且觉得它特别生动贴切。

比如“凄绝”这个词。

这个词最早出自“荒疏”，所以有心情与生活失常、乱套，手艺和技术荒废等意思。与此同时，还用于表示气势等的衰弱，向着一个方向不断前进，按着心里想的去做事等意思。

进而，又从“动作、程度变得激烈”的含义延伸出来，作为形容词“惊人”来使用，意为“感觉恐怖、吓人、可怕”。这个词转用于表示季节的话，则含义扩大为“冷冰冰的，冷飕飕的”。

一个词有如此多的含义，如此多的变化，实在少见。也许这正是日语怪异、难懂的地方。

久我被这个词吸引，虽说是来自“荒疏”，但还在于其含有“以原有的势头奋勇前进，但还是衰弱下去”的意思。

不知为何，单从表面上看，好像是散漫放肆的疯狂，也不管给周围人带来什么麻烦，但从其势头来看，确实是在走向衰退。

打个比方，就像是预示着衰落和死亡，在这前夕的落日余晖一般。

换句话说，是被那种在汹涌激烈中所隐藏着的悲切的情绪所吸引。

一听到这个词，久我想到的是《枕草子》中的“可怕事物”那一章，里面记载了各种令人吃惊、可怕的事物。

“白天狂吠的狗，春天的竹箔，三四月红梅色的和服，喂死牛的饲牛人，造成婴儿死亡的产房，点不着火的炭柜、地火炉，接连生下女儿，而走错方向到了主人不在的地方，在立春前一天之前播种，那更是让人惊讶万分。”

看了这些才明白，同样一个“惊讶”，还可以有季节错位、搞错地方、缺乏和谐、令人扫兴等多种含义。

作为季语[①]，与“惊人”同音的“凄冷”一词还用于表示晚秋冷飕飕的秋寒状态，其本意表达的似乎是比清凉程度重，比寒冷程度轻的情形。具体来说，就好像是秋意渐深，因而含有一种凄绝的感觉。

久我对这个词越发有感触，是在十一月底踏访九州阿苏山的时候。

那时，久我应邀在熊本演讲，随后在当地人的推荐下，下榻于阿苏山登山口附近的一家酒店。酒店前好像有一个高尔夫球场，但四周却没有一家住户，感觉在密密的森林里，单单就那酒店悄悄地躺在树林的怀抱。

那天夜里，久我也许是喝多了早早休息的缘故，一觉睡醒，时间还是凌晨四点。

暮秋时节，天亮得迟，但奇怪的是精神兴奋，再也无法入睡。

先去了卫生间解除尿意，然后了无睡意地走上阳台。只见接近满月的月亮正处于左边山脚稍低的位置。

---

① 季语：俳句及连歌（均为日本的诗歌体裁）中描摹景物，用来表示季节特征的词语。——译者注

房间在长长的走廊尽头，两面有窗，阳台也是呈 L 形连在一起的。

站在中间望去，只见以松树为主的黑森林挡在了正面，左边则是起伏平缓的一大片高尔夫球场。

深夜的空气寒气袭人，月光也显得苍白无力。在月光的照耀下，枯萎的野草似乎是被浓霜压弯了腰，泛出银白色。

看着眼前的景色，久我忽然想起黄昏时分见到的外轮山中荒凉的草千里，那里也是这样一幅月光映照的景致。

突然，从眼前黑魆魆的森林里传出低低的嘤嘤的呜咽声，呜咽声停止后，森林重又恢复远古般的寂静，而惨白的月光在寒意里则显得清亮起来。

久我扣上睡衣的领子，缩着身子，再次领略了月亮的凄冷。

这个地方也是用凄冷一词比寒冷更合适。

月光针刺般地倾泻于大地，在月光的映照下，枯草的斜面上蔓延的是无尽的荒凉、冷寂。那是一种好像天下所有的生灵都蜷缩着身子拜倒于月亮之下的冷静和恐惧。

面对扑面而来的寒气，久我想回到房间去，但好像受到月光的挽留，他无法移动身体，在阵阵凄凉感中呆呆地站着。忽然又想起了梓。

这个时候，她在做什么呢？

曾经告诉梓要来这里："如果方便的话，一起去怎么样？"但梓回绝了他的邀请："有点儿不便……"

已为人妻，身不由己也在情理之中。

那时虽然能理解，但留下不舍也确实是事实。

而现在，望着如此凄冷的月亮，反而有了幸好没带她一起来的想法。

也没有很明确的理由，只是觉得如此荒凉的凄冷感觉可能会深深刺伤梓的精神和身体。

仔细想来，“凄绝”这个词，感觉不但对久我，对梓也是可以用上的。

比如将“凄绝”这个词用在相爱上也许不太自然，但感觉这几年来，一路上，两人相爱却是惊世骇俗般地走来。

按世俗的眼光来看，他们的关系好像可以用上偷情、不伦之类带有污垢的词；而事实上，两人之间的关系早超越了这一境界，有着比“凄绝”更甚的严峻和激烈。

这些究竟是不为周围人所明白的，那是只有两个相爱的当事人才能切身感受到的凄绝。

一说起爱，人们想到的只是华丽的花园，而其中却如暮秋月光下映出的荒野一般，潜藏着荒凉和虚无。

现在，久我回味着《枕草子》，陷入了沉思。

清少纳言为什么没有在“可怕事物”一章中记下“爱别人的妻子、爱别人的丈夫”这两点呢？她虽是才女，却曾为地方官僚之妻，是一个高贵的、从没任何传言的落发之人，所以也就不曾有这样的体验？

不管怎么说，这种可怕的感觉与不合季节、搞错地方的感觉不一样，是只有恋爱的当事人才能体会到的切身的生动感。

而且，比较同样与妻子分居的久我来说，这种可怕性对于现实中正与丈夫和孩子生活在一起的梓来说，毫无疑问，感觉更为深刻。

但久我从未和梓说过这些。

“为人之妻不容易啊”，正因为如此，梓的痛苦不可能得到解除，而久我也无法随心所欲。

其结果是，心里都在想着对方的立场，但实际生活中只能以假装不知道的样子交往着；相互之间都十分明白这种凄绝的感觉，却都不去直接触及。

这好像也是一种超越此类凄绝的智慧。

尽管这样，最近久我担心的是，在梓的身上可以窥见一种与这类凄绝相通的东西。

而只从表面看，好像没什么变化，但确实是和过去不一样了。

那也许是所爱之人所谓的第六感，更确切地说是一种带有预感的神秘信息。

关于这一点，可以举出一个很具体的例子，那就是近来梓在不断地消瘦。

本来梓就属于那种骨骼小、不显胖的人，有着和外观上不相称的丰满。上了年纪后，可以感觉她腰部周围长出了肉，但全身的体态平衡还是保持得很好。

从这样匀称的身体上像削去一块肉似的失去了丰满后，就有了稍稍坚硬的感觉。

对于这个变化，久我在床上爱抚的时候曾经问过梓。

“好像有点瘦了啊。”

因为他用右手从梓的肩膀抚摸到后背时感觉肩胛骨有点突出。

“是吗？”

梓的口吻好像第一次知道自己有这样的变化，但口气里似乎又有一半承认的意思。

“平时吃的还好吗？”

“还好……”

也许是心理作用，但骨头显露却是事实。

“最近测过体重吗？”

久我在年轻的时候喜欢消瘦的女孩，但现在更喜欢体态丰满的女人。

“感觉哪里有不舒服吗？”

“没有啊……”

“一直在去医院？”

“是的，一直在去……”

“那大概不要紧吧。”

“没什么问题啊。”

看来，梓日益消瘦说不定是时近年关忙碌造成的。

不管怎么说，好像还不至于达到可怕的程度。

然而，刚这么想着，马上又出现了只能用可怕来描述的情景。

当然，那是根据目击者的感觉而有所不同。最近，使得久我这么想的瞬间有两次。

一次是做爱之后，久我走进浴室的时候。

二三十分钟之前，梓就进了浴室，此时应该洗完澡在穿衣服吧。多年的反复幽会，使久我对梓要花多少时间打扮装束，可以说是了如指掌。

所以这次估计快结束了，久我为解手而开了浴室的门。

浴室对着门的正面是洗脸台和镜子，左右两边是浴室和厕具。

确如他想的那样，梓已经从浴室出来了，但不知为何，她面对镜子怔怔地看着，身上却没穿任何衣服。而且，平时总是盘起的头发也全部放了下来，长长的黑发一直垂到双肩。

“哟！”

久我不禁叫了一声，眼睛转向别处。梓一丝不挂的样子，还有镜子里映出的白皙胸部，都直刺眼睛。

梓也露出和久我一样，不，甚至比久我更为吃惊的神情，但她为什么要这样一直站在镜子前面呢?

久我慌忙拉上门，退到起居室。那是一种好像看到了不该看的东西后才有的张皇失措。

准确地说，那个样子是过去久我了解的梓所没有的，散发出一种说不清的异样感觉。

“奇怪……”

久我的疑惑尚未消失，又有了和上次同样的异样感。

那是在看了全裸的梓十天后，再次约会的时候。

也是在做爱之后，梓穿戴着衣饰，准备回家。

久我晚进浴室洗澡，洗完后穿了睡衣回到起居室。

就像他预料的那样，梓整理好头发，坐在沙发上。

所有这一切，都和以前没有什么变化，唯有做爱前喝过啤酒的酒杯，还有梓喝过茶的茶杯都还留在眼前的桌子上。

从外表上来看，这些都没什么两样，但久我还是感觉到了不一样。

之前，他和梓见过多次，但梓从没留下用过的酒杯和茶碗后自顾自回家的。梓是一个一丝不苟的人，总是将用过的食器洗得干干净净之后，才放回橱柜里，还要将厨房擦拭得一尘不染。

这样一个人，会是因为想着什么事才心不在焉，或者为什么事在郁郁不乐?

这是在不到半个月里连续见到的两种情景：洗澡以后长久地站在镜子前发呆，自己用过的茶碗不收拾而长坐在沙发上。

这些都让久我感觉陌生，和以前的梓不一样，有些不和谐的散漫。

这些就可以断言是“凄绝”了吗?久我还不知道，但至少，梓的内心正发生着外观上看不出的某种质变。

一进入腊月，时近年关，大家都忙着回顾这一年的收获。

不管你喜不喜欢，电视、报纸和杂志等内容，都是对过去一年的回顾，你在或听或看的过程中，也自然而然地会回顾即将过去的一年。

还有，在回顾的过程中，和平常人一样体味时近年关的实际感受。

平时不用上班，整天几乎都在工作室的久我也不例外。

这一年对久我来说，是怎样的一年呢?

工作方面，从当年大阪町人的视点描写戊辰战争实情的小说，已在春季付梓。先前刊登在各种杂志上的随笔，整理后也在夏天结集出版。另外，有关描写夏木等人从江户逃到箱根的故事已经从初夏开始在杂志上连载了。

虽然还称不上是畅销书作者，但作为一个踏实的历史小说作家，久我一直在量力而行地做着自己的工作。

随着年关的临近，编辑的工作节奏也在加快，同时，杂志新年号的小约稿也增加了，一到十二月中旬，感觉有点儿手忙脚乱了。

在这种状态下，当久我把大部分工作都安排妥帖，可以稍微歇口气时，腊月已过去了一半。

那天下午，久我去了工作室附近的一家他常去的理容院。

虽然离新年还有一些日子，但久我想早点把自己弄整洁。

怀着这样的心情，理发、剃须，这个时候，行将过去的一年，各种事情又在脑子里回转起来。

当然，首先是有了欣慰感，这一年终于就这样平安无事地过去了。当剃刀碰到下颚的时候，他想到了和梓之间的事情。

就今年而言，在半年之前，和梓之间没什么特别的问题。他们之间淡薄的男女关系，虽然有点别扭，但还是持续保持着，和以往那样张弛有度，能获得满足。

但是，这样的状态能持续多久呢？

仔细想来，和梓建立亲密关系，今年已是第七个年头。

确实，现在基本上可以每个月和梓见上两三次，一起吃饭，互相说说各种事情，最后在情事中合为一体。还有，就是每隔两三个月合计着出去做一次小旅行，目的地从关东到关西，有时甚至可远至福冈。

因此，这样的交往既充满着惊险也很充实，但这样的状态能持续到什么时候，他难以预料。

也许会在某个时刻、某个地点中断。

想到这里，久我脑海里浮现的，是他和梓两人在一个远离城市的乡村一起生活的情形。

在那里，久我畅快地按自己的想法创作，梓的身边则聚集了周围一带的妇女，她教她们插花与穿和服的技巧，两人一起过着平淡的生活。说起来，这样的情景确实有点老套，但在久我的脑中，经常会出现这样的梦境。

总之，要是什么时候可以和梓一起生活就好了……

这样的想法强烈时，久我曾经和梓说起过。

"要是能在一起生活就好了！"

梓听了只是苦笑一下。如再说一次，她就以一句"不可能啊"加以否决。

"为什么呢？"

"不现实。"

确实，现在彼此都有了自己的家庭，但久我已经分居在外，他要是想同居的话，也是有可能的。

如果说有什么障碍，那是在梓的一边。

“是你那边的问题吧？”

“也不能这么说……”

梓一下子换了辩解的口气。

“我们现在这样不也挺好的嘛。”

现在这样，总有那种在偷盗他人东西的心虚感。

“住在一起感觉更踏实。”

“如果那样的话，我们的关系就完了，还是这样想见的时候就可以见的好。生活在一起，时间一长，你肯定会讨厌我的。”

话说到这个地步，久我也有点儿泄气了，梓像趁热打铁般继续嘀咕道：

“我觉得这样已经很不错了，我很满足了。”

反正，梓是不想再迈出一步，从而打破现在的状况。

虽然久我觉得那也是理所当然的事，但总觉得还有他无法释然的地方。

现在想起来，这样的交谈还是在初夏的时候。过不多久，梓就觉得眼睛不舒服，动了手术。

很显然，和梓之间关系出现异常是在那之后，就这一年来说，是在夏天以后。

幸好，手术进行得很顺利，梓出院以后又恢复了健康。

但那只是从外表上看，内心却似乎生出了某个可称之为小小空白的阴暗部分。

是和疾病有关，还是恰好在这段时间偶然产生的情绪？总之，连久我也无法明白，最近梓的态度和行为举止有一种和以前不一样的怪异感觉。

比如手术后相见，一起做爱时，梓一改此前一贯的拘谨态度，而是积极主动、激烈奔放，直至燃尽热情。现在回头来看很明显，从那个时候开始，梓好像是一个劲儿地钻进了牛角尖。

而且，随着秋意渐浓，寒意加深，梓的外表也明显出现了奇怪的变化。

这种类似于一架机器松了一个螺丝般的不协调现象，究竟始于何时，又是怎么产生的？

久我这么想着，忽然又有了一丝恐惧的感觉，说不定自己也会被卷入、吸进这种“荒腔走板”中。

腊月中，久我再次见到梓时，他暗暗下了决心。

“你有什么心事吧？”

就是今天，要清楚地问一下梓。在见面之前就这么决定的，但真的面对梓，看她沉稳的表情，又觉得难以开口。

今天的梓好像是从穿衣技巧培训学校回来的样子，身上穿着芥末色的旅行服，脱去旅行服，绛紫色的江户小纹和服配着和旅行服同色的染带。

梓虽然在精神上发生了奇怪的变化，但是对服饰选择的良好感知力非但没有变化，反而越来越高明了。

用餐地点就在久我住的公寓附近新开的一家餐厅里。面对面坐下后，也许是穿着绛紫色和服的缘故，梓的脸显得越发瘦削，好像又瘦了一些。

是不是每天都吃得不好？久我这次又问了，但梓只是回答一句“很好啊”，就不再说了。

餐厅店堂小而整洁，菜单上列出的也大多是一些家常菜。

外面有点儿冷，所以都要了蛤仔汤，梓喝光了蛤仔汤，还吃了虾和焦壳烤菠菜。

至少现在这个时候，梓的食欲还是很不错的。

两个人几乎喝光了一瓶红酒，还吃了餐后水果，喝了咖啡。

走出餐厅，天已抹黑，冷风带来寒意，两人并排走着，回到公寓，顺理成章地进了卧室。

此前的整个过程都没什么特别的变化。

既然见了，最后总要上床，这个过程似乎已成了两人之间的一种默契。

久我解开梓的腰带，只留下贴身的内衣，然后紧紧抱住。此时他绝不问什么。

在难得才有的情事之前，问些没趣的事是很扫兴的。

总之，现在暂且忘记那些挂心的事，全身心地投入短暂的快乐之中。

同以往一样，高涨的情欲获得了满足。激情退潮之后，彼此再次依偎在一起。久我用双手抱着瘦弱的梓，心想，现在正是询问的时机。

“有个问题想问你一下。”

“是什么？”

虽在情事之后，梓的声音却格外地清晰。

“觉得你最近好像有什么心事似的。”

……

“或者是什么不放心的事……”

说完，久我在微暗的空间静静地望着。只听见梓轻声说道：

“我们也许，再也不能相见了。”

“不能相见……”

久我也这么轻声重复了一句，随即盯着躺在臂弯里的梓问道：

“为什么？”

……

“为什么不能相见了？”

他摇晃着梓细细的胳臂问。梓终于开口了。

“我，大概不行了。”

“什么不行？哪里不好了？”

“眼睛。”

听梓这么一说，久我再次朝梓的眼睛看去，但她的双眼却轻轻地闭着。

“眼睛怎么了？”

“又不怎么好了。”

“不是动手术治好了吗？”

“那个时候好像是治好了……”

“那是复发？”

还没说完，久我就意识到事情的严重性，把后面的话吞下了。黑暗中，梓点了点头。

“对你，我想还是把话说清楚的好……”

总是这个样子，这次也是如同晴天霹雳。为什么老是搞得人措手不及呢？久我一边心里焦急着，一边问道：

“那现在还能看见吧？”

“能看见，但……”

梓没再说下去。她不细述症状，反而衬出了更大的痛苦。

“那医生是怎么说的？”

“劝我再做手术。”

“这样就能治好了，是吧？”

“不过，手术已经……”

“医生为什么说做手术好呢？”

久我想起了刚才梓说的再也不能见面的话。

“你刚才说不能相见了是什么意思？手术完了，病治好了还是能相见呀。”

“没用了。”

“为什么？不要紧。”

久我抬起上身，从上往下注视着梓。

“我们还是能见面的，不管什么时候都能相见。”

“不是的。”

“哪里不是了？”

久我再次摇晃着梓的手臂问。梓用低低的，但很肯定的口气回答：

“做了手术，我的眼睛就没了。”

“那是怎么回事？”

“这是一次比以前大得多的手术，创口大，还要摘去眼球……”

“那这次要弄到眼珠子了……”

话一说完，对“眼珠子”这个词的传神生动，连久我自己也感到吃惊。

“哪有那样的事……”

久我嘴里嘟哝着，想否定刚才的话，接着，像是就要看见恐怖的东西似的偷眼看了一下梓的脸。

如果从这样一张温和的脸上拿走一个眼珠……

这么想着，他忽然感觉梓的眼皮上出现了黑色的空洞，并且在慢慢地变大。

“怎么会有这种傻傻的念头……”

久我不禁转过脸，再将视线转回时，梓已经睁开了双眼，怔怔地望着半空。

“要摘去眼球什么的，大概不是真的吧？”

“是真的，医生是这么说的。”

梓的说话声出奇地冷静，这种冷静更使久我不知说什么好。

“但是，眼睛……”

从外表上看去，梓的眼睛清澄、圆溜，非常好看。

“太过分了。”

“我也那样想啊。”

“还是不做的好。”

“是呀。”

听着梓的干脆口气，这下久我又担心起来。

“不过，医生说是摘去好？”

“不摘的话治不好……”

“那摘了就能治好？”

“姑且是吧……”

“不完全是？”

“以前就这么说过，治不好的。”

梓的口气，除了冷静，更有那么点儿搁下不管，随它如何的味道。

“可是，我不明白。”

想破脑袋，久我都无法想象，梓如此清澄的眼睛底下，会潜藏着非得摘去眼球不可的可恶病魔。

“那如果摘掉的话，不是要装入假眼了吗？”

“假眼……”

“对了，医生是什么时候这么说的？”

“已经有一个月了。”

如果是一个月前，那正是梓开始慢慢消瘦的时候，接着就发生了裸着全身盯着镜子看和不收拾茶碗自顾自坐在沙发上的现象。

回想起来，那个时候，也许是梓听了医生说疾病又复发了，因而陷入了苦恼当中。

久我一下子觉得梓好可怜，他悄悄握住她的手。

“去其他的医院看看怎么样？”

……

“去别的医院看看，也许还有其他的治疗方法。”

“没用的，都是一样的。”

“那你去过其他医院了？”

梓慢慢地点点头。

“我当初就预料，可能会出现这样的结果。”

“那为什么还手术……”

“因为那个时候说是做了好……”

“没想着能治好？”

“想了呀，但也想到也许治不好。真要是那样，也只能认命了……”

梓突然不作声，与此同时肩头微微颤动，随即响起了呜咽声。

在久我的询问下一一道出的过程中，梓郁积在内心的哀怨也终于抑制不住漫溢开来。

很想对现在的梓说“不要紧的”这种话，但梓自己应该比谁都清楚，那只是挂在嘴上不负责任的话而已。

尽管明白这一点，但现在久我能说的，也只有这句话。

“不要紧啊。”

再说上几句，梓哭得更厉害，才一会儿，眼泪就沾湿了久我的胸襟。

“一定能治好的……”

久我小声安慰着，同时他痛切地感到，对现在的梓，他是无能为力的。

不管怎么安慰，似乎都无法减轻现实中的疾病，除了反复地劝慰，也没有其他办法了。

“还是别担心的好。”

久我一边劝慰着，同时想起梓自从做了手术之后，身上总有一种专心致志、心无旁骛的感觉。

乍一看，给人留下的好像是大胆向前，什么都看开了的印象，其背后则可能隐藏着即使做了手术也可能治不好的不安和恐惧。

久我再次紧紧地抱住梓，将嘴凑近梓的脸颊，喃喃地说：

“就算你失去了眼睛我也不会变，和现在一样爱着你。”

……

“希望还很大，你绝不能放弃。”

这话一说完，他想起这些话在上次手术之前也说过。与那个时候相比，现在的情况要严重得多，但也只能继续这么说了。

“不用怕的，按着医生说的做就好。”

再接着宽慰她，梓就只顾自己抽抽搭搭地哭泣，既不答话，也不点头回应了。

从梓那里获知她的眼疾复发的第二天，久我给朋友村木打了电话。

目的当然是想听听有关梓再次进行手术的意见。

村木虽然是泌尿科医生，但上次说了之后他也帮着仔细打听了，并提供了很有用的建议。

本来想直接见了之后当面问的，但因为事情比较急，所以决定先打个电话商量一下。

白天打到医院里必定无法好好说，所以夜里十一点刚过，估摸着该在家的时候打到了他家里。电话中得知，他刚刚参加了一个亲近朋友的忘年会，回到家不久。

听起来好像略微喝了点酒，这个时候问他是不是不太合适，但在短暂的寒暄之后，久我还是横下心说了出来。

“实际上是想问一下眼疾的事情。”

只说了这么一句，村木立刻接口说:“就是先前说过的那个人吧？”

久我复述了一遍从梓那里听来的话，并说：“医生已经说了，比起上次来，这次是个大手术，也许还得摘除眼球。”

“她正为之痛苦不堪，哭哭啼啼的。”

村木立刻反问道：

“那是个女的？”

“嗯，是吧……”

久我含糊地回答，村木则紧追不舍。

“不会是你太太吧？”

“不是……”

“那……是情人？”

“也不算是吧……”

“我明白了，就是她。如果不是，你也不会这个时候打电话过来。”

“因为关系有点儿亲近……”

“不能向医生隐瞒实情。”

村木用半开玩笑的口吻丢下这么一句，然后说：

“可是，这是件伤脑筋的事。”

“真的很不妙？”

“很不妙。”

因为说得太干脆，久我有点儿不太能接受。

“别开玩笑。”

“不是开玩笑，真的很不妙，我才这么说。”

既然说到这个地步，也就只能站在患者的立场老老实实地请教了。

“那你给我解释一下。”

“从你一开始跟我说这个病的时候，我就说过弄不好可能是恶性的。”

村木的确曾这么说过，但那个时候，不管是梓还是久我，都以为只要做了手术就能痊愈。

“还有，这次手术是因为复发的缘故。”

“那也是她本人知道的。”

“她也应该知道是恶性的吧。”

“反正，知道这次手术比上次的要大。”

“手术的详细情况我不清楚，总之，觉得太快了点。”

“太快？”

“上次手术好像是夏天吧？现在不到半年又复发了，必须再次进行手术。而且这次还得摘去眼球。”

久我一下子没明白“摘去眼球”是什么意思，过了一会儿才弄清楚，他说的是把眼球摘掉的意思。

“病情发展得太快了。”

“那不怎么好吧？”

“很不乐观。”

那该怎么办才好呢？久我正在感觉伤脑筋的时候，村木低声问道:

“她多大年龄？”

“四十过半。”

“那就更危险了，这种病一般是年轻人发展比较快。”

这种说法久我在别人谈起癌症的时候也曾听说过。

“她本人是什么意见？”

“不想动手术。”

“为什么？”

“说是怕失去眼睛……”

“在说些什么啊！”

村木突然放大的声音，久我感觉好像是在骂自己。

“不手术不行吗？”

“当然，放任不管的话，它就一直发展下去。”

“就是说眼睛会看不见吗？”

“不是，不仅是眼睛看不见，还有生命危险。”

“会死吗？”

“是啊，虽说是眼睛的疾病，但那是头部的肿瘤，会向大脑扩散。”

手里拿着电话听筒，久我想起昨天夜里躺在自己臂弯的梓的柔白肌肤。

如此温润的肌肤会变冷，这对现在的久我来说是无法想象的。

“那该怎么办呢？”

“还能怎么办，当然是动手术了。”

“不过……”

“现在不是说没了眼睛怎么办之类的话的时候，因为任其发展是会危及生命的。”

梓的病会发展到这个地步，说实话，久我根本没想到。

自己也能跟梓说得那么直截了当吗？正在久我不知所措的时候，听见村木用稍微柔和的声音说道：

“很喜欢她是吧？那就劝她做手术吧。”

第六章

苦　寒

从十二月中旬一直到年底，久我给梓打了好几通电话请她出来，梓总是找各种理由不愿出来。

当然，久我也能理解，到了岁末年关，一个家庭主妇会为各种杂事而忙碌，但问题是梓现在的身体处于不正常状态。因为是眼睛的疾病，所以也许不会有发热、手脚不能动之类的情况出现，但有可能会出现看东西有叠影、头疼、晕眩等症状。

现实中，梓几乎从不主动诉说这些症状，仅仅是久我询问后才说一点，但她本人肯定十分痛苦。何况那是一种发展下去会被摘去眼球，甚至可能危及生命的严重疾病。

以这样的状态，她能轻松自如地做好家务吗？

虽然有这样的担心，但梓只是说："没什么问题，还是以后有空再见吧。"

所谓"有空"是什么时候呢？久我再次追问，得到的也只是"请再等一会儿吧"的含糊回答。

不想轻易见面，是不是因为身体状况已经相当不好了呢？

这么一想便更放心不下了，但仔细一问，好像又时常在为上着装课和插花的工作在外奔波。比如，穿衣技巧培训学校的课要上到年底的二十五日，插花的工作好像还得把新年用的装饰做好。

如果真的有心想见，工作完了应该可以顺便来久我的住处。

但她这样故意避而不见，究竟是为什么呢？

久我为不能明白梓的真实意图而烦躁不安。圣诞节的时候他收到了梓寄来的礼物，一条紫红色的山羊绒围巾。随附的信纸上写着："我也买了一条同样颜色的披肩。一围上它，就有了被你拥着的感觉。"

看到礼物，还有这样一封信，积蓄的那点焦虑也平息了下来。

即使不相逢，两人确实还是心连着心的。

这么一想，久我也思忖着该给梓送些什么礼物。女人的喜好难以捉摸，而且也无法直接送到梓的家里。

还是见面时直接给她最好。

收到礼物的第二天，久我再次打电话给梓。

先是致谢，然后说："我也想送你礼物，希望你无论如何出来一次。"对此邀请，梓的回答仍然不明确。

说了各种忙碌的理由后，最后说："已经到年关了，还是开了年再见面吧。"

"所以早就约了你几次呀。"

说着，声调也变得粗暴起来，发起了牢骚："你出门上课、制作插花倒是有时间。"

"那些工作要年内做完。"

"然后呢？"

"全停止不做了。"

听了这个回答，久我慌忙问：

"为什么……突然就这么决定了？"

“换了一张阿岩一样的脸，还怎么做先生啊，不是很奇怪嘛。”

“别开那样的玩笑了。”

“但这次手术真的很不寻常啊。”

这个久我心里当然也很清楚。

“毕竟，美的服饰和美的插花，还是让长得漂亮的人来教授，才让人开心吧。”

“这和脸长得怎样没关系，重要的是心灵，只要心灵美丽……”

说到这个份上，久我忽然觉得自己有点不合身份，在说毫无用处的漂亮话，便压低声音说：

“那你是因为生病才停止的？”

“这样才不会给别人添麻烦吧。”

光从声音判断好像还比较沉静，但有了停止工作的心思，那梓肯定是把自己的病看得很重了。

“那今后也不怎么出门了？”

“或许是吧……”

“最近常去医院吧？”

“嗯……”

听着含糊的回答，久我进一步问：

“决定接受手术了吧？”

“只是现在已到了年关。”

确实，要在年内住院做手术也许是有点困难。

“那开年以后？”

“要是做的话，就这样吧。”

“不做可不行啊，不做会很麻烦的。”

“麻烦？什么麻烦？”

被梓这么一问，久我不知道如何说好了。

就是说不做手术可能会死的，但在电话里很难开口说到这个地步。

“反正，就是去做好。”

如果爱她就该劝她手术。想起村木的话，久我再次叮嘱：

“绝对是去做好，明白了吧？”

说到这里，久我难过起来。

“好想见你，年内能见吗？”

说完，把听筒紧紧贴着耳朵。一会儿传来梓的声音。

“对不起，一开年，我一定联系你……”

说着，梓又低语一句“对不起”，便先挂了电话。

十二月是忘年会的季节。就久我来说，除了大的出版社举行的忘年会之外，还有几个和责任编辑相聚的小型忘年会。

加上与过去报社的同事以及同年出生、趣味相投的朋友的聚会等，这些活动都参加的话，数量也是很可观的。

这些聚会久我几乎都去参加了，但也没什么特别的规矩。

从那以后，在年末这段时间，久我一直没能见到梓。

可以说，也正是那种寂寞促使他去参加人多热闹的忘年会。

和大家聚在一起闲聊、畅饮，久我感到愉快轻松。和编辑朋友的聚会，彼此毫无顾忌地交换意见，收获也很大。

回顾这一年，没有什么特别值得炫耀的事情，但也不算是倒运的一年。尽自己的努力做成了相应的事，似乎还算是个过得去的一年。

久我抱着这样的想法，出席了年末二十九日举行的最后一次忘年会。

相聚一起的，都是以前报社工作的同事，那是一次轻松的聚会。

那个时候由于饮酒的机会一个接着一个，为了少喝酒，会后去了银座的一家酒吧，快十二点的时候才回到住处。

房间里没有一个人，收拾得整整齐齐，装饰柜搁架的三宝方盘上供着白色的年糕和橘子。

那是帮忙的女佣要开始新年休假了，今天特地准备的。

这样，新年什么时候来都没问题。

久我看到供品也摆放好了，便走进书房，脱去西服，挂在位于房间一角的壁橱里的衣架上。

经常这样，反正喝完回来也就一个人，所以一切事情都得自己做。换上室内便装，想喝口热茶，但嫌麻烦，便从冰箱里取出一罐乌龙茶倒入玻璃杯，再回到书房，一屁股坐在桌子前的椅子里。

最后的忘年会也结束了，接着就等新年来临了。

还要在这里待上一天，到除夕才回家。

一年当中有一大半时间是和妻子分开过的，只有除夕起的那几天才回家，想起这个也实在有点奇妙。一般的人家听了或许会觉得很不自然，但在久我和妻子之间，这不知不觉地已经变成一件很自然的事了。

总之，一百对夫妻有一百种相处方式。

就这样，在微醺中闭着眼睛，渐渐地感觉背上有点冷。

是酒醒了，还是暖气不足？

说起来，今夜气温将有大幅度下降，酒吧的女孩说了，“半夜也许会下雪”。

在那个孩子的目送下离开酒吧后，醉客竖起大衣的领子，脚步匆匆地朝着车站方向走去。

今夜的银座，几乎所有的商店都已谢客，只留下街灯在寒风中瑟瑟发抖。

这样的天寒地冻，该怎么说呢？也许可以说，那是一种气温再下降一点就会下雪、清冷之夜的空气所特有的刺骨之寒。

“好冷……”

久我不禁哼出一声，再次闭上眼睛，不由得眼前又出现了梓的脸庞。

在这种寒冷刺骨的冬夜里，梓在干什么呢？

已经睡下了，还是在忙活？

这么想着，眼前又浮现出梓白皙的额头和横过颞颥的一条伤疤。

在凛冽的寒气中，伤疤越发鲜明。

那虽然是一种毫无头绪的、突然浮现在脑海里的幻想，但一旦浮现出来，却变得真切起来。好像随着气温下降，那创痕也在诉说它的痛楚。

“快，得赶快去做”，这个念头一掠过，久我便睁开了眼睛。坐起身，才发觉刚才做了一个短暂的梦。

“奇怪……”

久我轻轻地叩着自己的脑门，再次想起了梓。

今年还有两天就结束了，怕是不会再见到梓了。

为什么不能见呢？这个只有问了梓才知道。

是年底太忙，还是为眼疾的事焦躁不安？

不管怎么说，这次眼病的复发对于梓来说，无论在精神上还是肉体上，都带来了很深的伤害。

只是，为什么偏偏梓的眼睛会患上这种病呢？

按照村木的说法，恶性肿瘤其实就是癌了，仔细一想，再没有比癌更让人生畏的疾病了。

像自己这种从不注意保养身体，做坏事的人患上疾病倒还可以接受。

然而，某人得了某种癌症，是没有任何可以接受的理由的。没有“为什么，怎么会”之类的理由。癌症有的时候就像一阵风吹过，突然出现了，将那个人推进了悲哀的深渊。

当然，梓的情形也一样。

某一天，突然觉得眼睛看东西不行了，被告知是患了恶性肿瘤，必须摘除眼球。

癌症，简直就像一种轰炸。

想到这里，久我终于总结出这么一点：现在梓的痛苦，也许就在于无法理解这个无赖的疾病为什么会出现在自己身上。为什么会是我——不管她怎么反问，都无法弄明白。那残酷的现实正在折磨着梓。

想到这里，久我不禁点了点头，在旁无一人的房间里轻轻呼唤着:

“阿梓……”

不出声，只在心中呼唤。此时，寒气袭人的窗户上浮现了梓白皙的额头。

不知为何，现在梓的额头上伤疤消失了，只见梓细细的眉毛在清冽的夜色中呈现平平的一条直线。

久我像是被那幻影诱惑一般，拿起了电话听筒，手指不由得按起了梓的移动电话号码。

深更半夜的，会给人带来麻烦吗？不，这个时候肯定是关机了。

心里想着不可能接通，但还是把听筒贴在耳朵上。果然只有一声“暂时无法接通”传来。

久我死了心，挂断电话，但接着又改变主意，拨起梓家里的电话。

为什么要这么做？连久我自己都不明白。就这么静静地听着铃声一遍遍地响着。等到响过第五遍时，传来了一个女人的声音。

“喂……”

久我不禁轻唤一声“阿梓”，接着便不再出声。

对方的声音和梓的嗓音几乎完全一样，但感觉有点年轻。而且，可能是正在休息的缘故，声音听上去有点儿冷淡。

“喂……喂……”

有点儿疑惑的问话声，确实和梓不一样。

“喂，您是哪位？”

又问了一声后，便挂断了电话。

她一定是想，这个不出声的电话要么是打错了，要么是恶作剧。

手里拿着断线的电话，久我微微点了点头。

声音相像，但显得年轻了些，肯定是梓的女儿了。

这么说，梓已经在休息了吗？

再不用去想梓的事了，他这么对自己说着，然后闭上了眼睛。

每次辞旧迎新，久我总是感叹岁月的流逝之快。

现在回想起来，在少年的时候，总感觉一年的时间过得像春日一般步履蹒跚。看见大人们春季就在商量秋天的仪式活动时，觉得不可思议，怎么现在就考虑还有好些日子才要做的事了？

后来，从中学到大学毕业那段时间，岁月就像一条水流不畅的河，日子并不容易打发。

进了公司上班以后，才开始感觉日子过得有点快了。告别“二”字头的时候想着，这下所谓的青年时期结束了，于是，觉得时间过得好快。到了奔“四”的时候，想到自己也将加入所谓的大叔行列时，更感觉时间过得飞也似的。

从四十岁开始，体会最深的就是岁月如梭，而跨入五十行列之后，那简直就是置身于时间急流中的感觉了。

就在最近，刚还想着迎接新年，一定神，自己已经站在新年的年头上了。到了这个时候，再来说什么“岁月如梭”之类的感想，就过于老套了，让人没了谈论的兴致。

不过，改变一下角度来感受岁月的流逝之快，这肯定能促使人们更加珍惜自己的人生。

去年到今年，在这岁月的河流中，你是怀着怎样的心情来惜别这一段人生的呢？

到了新年，久我回到久别的家，和妻子一起迎来了一个表面上看上去很安稳的元旦。然后，当他一个人躲在自己的房间时，最先想到的一个词是“去年今年”。

迎接新年，回顾去年，展望今后一年的打算。因此，《岁时记》中有新年寄语这个部分。从去年到今年，思绪连贯一气，是“去年今年”这个词的绝妙之处。

“去年今年……”

一个人口中吟诵着，久我脑中浮现了一首俳句：

“去年今年，贯穿如棒。”

不用说，那是高滨虚子的名句，是在昭和二十五六年前后创作的。

贯穿如棒，给人的感觉是强劲有力，对此句的解释也许各有千秋，但共同的一点，就是让我们感受到了超越人类力量的大自然的实在感。

久我一直很喜欢这首俳句，好几次在口中吟诵。再次想起它来，倒是有了自己也创作一句的冲动。如能创作，还想用上“去年今年”

这个寄语。但是，实在是虚子的句子印象太深，好像总无法摆脱模仿的痕迹。

说什么也得想出不同的句子来，“去年今年……”喃喃自语中，久我自然而然地又想起了梓的事来。

从去年到今年，如果说确实有什么一以贯之的东西，那就是对梓的思念。

当然，这种思念以前已经持续了好多年，但特别是从去年秋天到今年，梓的疾病，这个意想不到的事态日益严重后，这种思念也越发深厚了。

今年，梓和自己的关系究竟会怎样呢？不，更重要的是梓的眼疾究竟会怎样？这么思来想去，心头便又涌上想见梓的念头。

在去年的最后一个电话里说，开了年会电话联系的，但到现在一点音信也没有。

不知道究竟发生了什么事情，这边这么焦急地等待着，为什么就不能来一个电话呢？越发感觉她好像在摆什么架子似的，真想说她几句埋怨的话。

“随便吧……”

久我不禁咂了咂嘴，再次明白自己十分需要从梓那里获得满足。

从最后见面的十二月中旬到现在，已经有半个多月没有碰到梓了。这种得不到满足的不满，已经发展到日常的焦虑了？

“总之，自己需要梓。”

自言自语中，他想起了“邪念”这个词。

去年也好，今年也好，他都爱着梓。但是，很显然，这爱底下有邪念。

但久我转念一想，正因为有了这种邪念，才使得男人之所以成为男人。

不管怎么说，达观地想想，也许正是有了邪念，人才有了顽强生存下去的动力。一说起邪念，就给人留下强烈的不正经印象，但站得高点思考一下就会明白，正是这种邪念，才使得这世上的一切有生之物有了相同的烦恼。

而且，正是这种烦恼，成了爱的动力，也是久我热情沸腾、渴求梓的原因。

邪念并不可恶，这么一想，久我自然想起了下面的句子：

“去年今年，唯有邪念不变。”

这个俳句怎么样？这个句子完全就是这个年头自身毫无遮掩的真实写照。

久我再次吟诵一遍，写在笔记本上，想着下次见到梓时，第一件事就是要让她看这个俳句。

新年的三天，久我一直等着梓的来电，但是三天过去了，还是没有音信。

究竟发生了什么事？去年年底和梓打了电话之后，到现在已经超过一个星期了。

到了第四天，久我实在等不及了，拨了梓的手机，但传来的还是那一声“主人无法接电话”。

于是，久我又直接拨打她家里的电话，结果听筒里传来的仍是去年年底拨打时传出的那个像是梓的女儿的年轻女孩的声音，他慌忙挂了电话。

再像上次那样做，会让人怀疑的。

这么想着，也就死心了，不过像这么长时间断绝联系还是第一次。

是身体状况突然不好了，还是家庭内部发生了矛盾，抑或是利用新年休假时间，全家出门旅行了？

那也太奇怪了，梓的病情恶化已是让人束手无策了，这个时候全家出门旅行，那情形可以想象，也不会好到哪里去。

既然自己孤独着，希望梓在家也孤独着。

这好像是陷于社会世俗所不允许的关系中的两个人之间默契般的约定。

反正，再等一段时间看看吧。

久我对自己说着，第四天午后，他回到了青山的工作室。

从除夕那天算起，只有三天时间不在这里，却感觉非常空寂。而且，不知是什么原因，回到这里比在家觉得轻松。

难道是和妻子分居一个人过日子，精神上和身体上都已经习惯了吗？

久我沉浸在一种奇怪的安稳感中，看着寄到工作室来的贺年卡。突然，电话铃响了。

时间正是下午四点刚过，冬天日短，此时已是日暮时分。

久我拿起放在背阴处的电话听筒，贴在耳朵上。

“喂……喂……”

一瞬间，他听出是梓，他日思夜想的声音！

“哦，你怎么了？”

久我不由得握了握听筒，诚实地说：“一直在等你。”

“对不起。”

“现在在哪？”

“在家。”

说着，梓便送上新年祝福：“新年好。”久我也回了同样的话：“新年都已经过了三天了哦。”口气中含着怨恨。

“一直在为你担心，为什么不联系我呢？”

“对不起，想过打电话给你的，可是……”

“因为一直没接到你电话，我曾打电话到你家，结果传来的是一位年轻女孩的声音。感觉好像是你女儿，所以就挂了。”

“是什么时候？”

“应该是二十九日夜里。”

“那可能是的。”

“可是，这些日子你在做什么呢？你说过一开年就会马上打电话给我的。”

一打开话匣子，所有的思念一股脑涌上心头。

“从最后一次见面算起，到现在已经近三周了。是不是到什么地方旅行了？”

“不是啊……”

“那你去了哪里？”

“我身体又不太舒服了……”

这么一说，久我也失去了质问的力气。

“感觉怎么样？”

“头一直在痛……”

“是因为眼病的关系？”

“我想是吧，但这次比平时痛得厉害……”

“那是从什么时候开始的？”

“上个月，和你分开以后就一直不好。”

“可是，我们在年底的时候还打电话来着，你都没说。”

“那天稍微有点儿好转，所以……”

“那个时候为什么不跟我说啊？”

“那时不是马上就要过新年了嘛，那种时候说身体不好的话……”

这种顾虑也不是不可以理解，但对自己总得说实话吧。

“那现在呢？”

“稍微稳定点了。”

“那年末年初呢？在干什么？”

“或者去医院，或者去其他地方……”

“其他地方？”

梓沉默了一会儿，低声说了一句：

“去找针刺医生了……”

“针刺？”

过了一会儿才明白她说的是针灸疗法的针刺。

“为什么去那种地方，不去医院？”

“去过啊，但不太有效果……”

“是怎么个痛法？”

“从眼睛到整个头部都发热，像被什么东西搅拌似的……几句话无法说清楚啊。”

医院有麻醉药等各种药物，如果这些药也没效果，那是很厉害的疼痛了。是不是眼疾独有的那种特别的疼痛？

“针刺治疗能受得了？”

“很可怕的，是别人推荐的。”

“可怕？”

“要将针刺入眼睛里面。”

“从哪里刺入？”

“从正面的眼睛和鼻子之间，用很长的针……”

久我用手指按了按自己的眼睛和鼻子之间的凹陷处，要在那个位置将长长的针对着大脑深处笔直地刺入。

“痛吗？”

“当然痛啊。”

久我顿时好像也有了被针刺入的痛觉。

“那效果呢？”

“从昨天开始好像有点儿好转了……”

“比去医院有效果？”

“也不清楚，好不好，总得试了才知道啊。”

从去年年底到新年，久我脑子里想的尽是和梓交合的事，而梓则在同异乎寻常的疼痛作斗争。

“真没想到……”

久我似乎这才知道，自己一直在随意的想象中游荡。

“那也总算有点好转了。”

“感觉是那样，但是……”

“我们能见吗？”

久我说着，继续道：“我好想见你。”

“我也是啊。”

“那能见？”

“真要见我？”

“是啊，那什么时候？”

“明天也可以……”

面对意想不到出现的机会，久我有点不知所措。

“那你的痛不要紧？”

“现在还好。”

“那……”

这个机会如果失去，下次什么时候能见就说不准了。

“明天，六点左右，能一起吃饭吗？”

“吃饭就算了吧，我还是直接去你住处。”

梓这么说着，突然声音变得低沉起来。

“不过，我瘦了，真是瘦得厉害，不要紧吧？”

“当然啊，你一定要来哦。”

“会去的，先定个约定吧？”

“约定什么？”

“不可以嫌弃我。”

“说什么啊，我怎么会嫌弃你？”

“那七点左右，我直接去你那儿。”

“好，等你。”

久我一下子觉得自己如愿以偿，他点了点头，感觉梓要挂电话了，赶紧将嘴贴近话筒，轻声说了一声：“我爱你……”

“谢谢，”梓停了一会儿又说，“我也是。”

听到这句话，久我终于有了新年来临的感觉，他搁下了电话。

新年第一个工作日，大多是在一月四日或五日开始。

久我联系的出版社几乎都是五日开始上班，所以这天主要是新年首日上班的寒暄，也有不少编辑从下午开始，到各自联系的作家那里商讨新的一年合作的事宜。

久我这里也来了几位编辑，大家浅斟慢酌，都要在黄昏到傍晚六点前后才走。

如果加以挽留，也许会多待些时间，但此时久我满脑子想的都是梓要来这件事。

来客陆续离去，帮忙的女佣洗净了杯盘餐具，扫清了垃圾，也在六点半回家了。

剩下久我一个人，斜靠在沙发上，让微醺的脑袋休息一下。

随意看着电视，不觉到了七点。像是等待这一时刻似的，门口的铃声响了，梓出现在眼前。

“没什么不方便吧？”

梓做出朝里张望的样子，等着久我的回应，然后深深地一鞠躬：

“恭祝新年愉快。”

“哦，你也新年好。”

久我也慌忙低首回礼，然后重新看梓。

今天梓穿着绉绸料的和服，白色底子上点缀着小梅花纹，手里拿着和服外套方领，既洋溢着新年的喜气和华丽，又透出中年女子的稳重。

“来得正好。”

久我点着头，又端详起梓来。梓问道：

“怎么了？”

“没什么……”

“是瘦了吧？”

确实，只一眼就看出，梓瘦了一圈。

“总之，今年还请你多多关照。”

梓再一次低头致礼，然后缓缓回过头去脱掉草履，走进起居室。

久我拿出刚才招待来客的一升装酒瓶，将凉酒倒入杯中，姑且为新年干杯。

"新年快乐！总算又见面了……"

直率地表达了此时的心情，久我一口干掉了杯中的酒。梓只是轻轻地碰了碰嘴唇就放下了酒杯。

"不能喝？"

"还不至于那样……"

坐在沙发上的梓看上去脸蛋和头颈都瘦削了许多。

"一直担心着，不知你怎样了。"

"最近有点好转了。去年年底的时候，那个身体状况实在是无法和你见面……"

说是从十二月中旬开始就头疼十分厉害，那消瘦的原因大概就是头疼的关系吧。

"那眼睛的事……"

久我说着，想起了梓为消除头疼，宁愿接受将针刺入眼睛底部的针灸治疗。

这种疼痛是什么感觉？久我无法体会，但看到梓瘦成这个样子，就知道肯定是非常难受的。

"这样干瘦的老婆婆是不是很讨厌啊？"

梓嘴里又蹦出一句她独特的、有点自虐的话来。

"我是做好被你嫌弃的思想准备出门的。"

确实是瘦得不行，但在那种无可凭靠的感觉中，却显露着一种更加清澄的娇媚。

"绝不会因为这个而嫌弃的。"

"那你还爱着我？"

"当然。"

久我这么一回答，梓就像一直在期待这个结果似的主动请求：

“请抱我。”

到现在为止，梓还是第一次这么明确地表达。以前在床上意乱情迷的时候是有的，但从没像现在这样主动提出请求。不管情欲如何炽热，一开始总是男人主动，这种情形绝不会改变。

而现在，梓是自己宽衣解带，躺进男人的臂弯里。

这种专心一致的劲儿究竟是怎么回事？

久我有点迷惑不解，但此时他已没了去深入思考的时间，只是紧紧抱住梓。这样一来，像是做出回应似的，梓自己张开了嘴唇，送出舌头。

只穿着一件薄衫的梓，感觉确实瘦了许多，但身子却像发烧似的滚烫，她将自己发热的身体紧密地和久我的身体贴在一起。

面对梓过于主动的进攻，久我有点儿畏缩，但马上燃起了欲火，和梓紧密地结合在了一起。

现在的久我就像要一次性地填满空虚已久的欲壑似的强烈企求着，而梓也积极回应着，将久我抱得更紧了。

就这样，两人交臂叠股，相互缠绕，梓不断发出低低的悠长的欢悦声。不一会儿，好像再也忍不住了似的叫道：“不……”紧接着，伴随一阵轻微的痉挛登上了欲望的巅峰。

一瞬间，女体所有的黏液全涌在了一起，火热的男性下体也像要被全根吞掉似的，但在即将爆发的前一刻，久我忍而不发，而是低低地吁了一口气。

多么狂放的激越之情……

那一刻，久我差不多把梓看成了一个披头散发的疯女人，而现在，她的和服内衣已从肩上滑落，以轻微匍匐的姿势躺卧着。

那恬静的样子，令人无法想象刚才的狂放姿态。仔细观察，可见皮肤上沁出了密密的细汗，随着每一次呼吸，肩头就微微地颤动。

久我将手轻轻地按在梓的肩头，她略微一惊。久我顾自继续将手从裸背抚摸到腰窝。梓再次紧紧地偎依上来，似乎在企求更多的爱抚。

这半个多月，梓一直受着头疼的折磨，处于无法外出的状态。

这个羸弱至极的身体，究竟在哪个角落潜藏着如此巨大的能量？

外表上的弱不禁风和性欲上的旺盛需求，难道互不相干？

正当久我被这些奇怪的思绪驱来赶去时，梓的左手慢慢伸了过来，轻轻地握住了久我下半身的那家伙。

她还准备怎样呢，可能是不知所措，也可能是玩弄。

就在这种状态下，久我用带点恶作剧的口吻问道："还想要？"

……

"想要？"

问了两次后，梓才回答："给我。"

久我喜欢这种直率，他使出比刚才更大的力气向尚留着燃烧余韵的女人身体发起进攻。

不知过了多长时间，久我醒来的时候，梓正枕着久我的左臂，略微挨靠着睡着了。

醒来是不是因为左臂被梓的头部压得麻木？

当久我想把手抽出时，也许有所感觉，梓轻轻地翻了下身，睁开了双眼。

"睡着了。"

"嗯，睡了一会儿。"

看一眼床头柜上的时钟，才八点半。

梓是七点到的，然后两人慢慢说话，接着就上床了。不管怎么说，那是一种如同饥饿野兽般的索求手法。在久我的脑海里，现在还留着梓不知何时才有的积极主动的燃情方式。

正在犹豫要不要提起这个话题时，梓依偎在久我的胸前低声问道："吓坏了吧？"

"没……"

男人绝不会因为女人的索求方式过于激烈而受惊吓，相反，对于一心一意用情于自己身上的梓，久我有的只是更多的爱怜。

"刚才太好了。"

对于性，久我得到的太多，可以说已是心满意足了。

相比而言，他更不放心的是梓，这次她也就这么接纳了。

"就那样子进入了……"

久我说着，然后问道："没问题吧？"

"你不用担心啊。"梓带着母亲般的口吻说，"是我想要。"

"有着一种说不清的舒服。"她低语道。

"舒服？"

"我也不清楚啊。"

梓不清楚的话，那久我就更不明白了。

"是指什么呢？"

"偶然看到一本书上说，男性激素跟抗癌药很相像。"

"什么抗癌药？"

"就是那种化学方程式吧，那种形态……"

久我的理科知识非常贫乏，读中学的时候学过的那些龟甲形的方程式，现在只记得 H、C 之类的元素相连的记号。难道就因为这个，男性激素和抗癌药便相像了？

"是真的吗？"

“我也不知道。”

说着，梓像突然想起什么似的问：

“听说，服用抗癌药会掉头发，说话的声音也会变成男人的。不过女人很少有人头发变稀……”

被梓这么一说，好像是有这么一回事，但凭这些就可以断定男性激素和抗癌药差不多了吗?

“这是谁说的？”

“只是书上这么写的……”

“可是，男人也有生癌的呀。”

“这么说来，还真是那样。”

难道刚才梓是相信男性激素对癌有效果，才接受男人“长驱直入”的?

怎么会有那种事，想到这里，久我又变得不安起来。

“那是迷信，不可相信。”

“也许有点道理呢。”

“你怎么会相信这种事？”

说到这里，久我忽然觉得梓现在正认同一切毫无意义的东西，对各种可能性都想尝试。

“你不能去相信这些东西，什么意义也没有的。”

说得这么明白，也许梓现在更找不到方向，不知如何是好了。

不用说，一开始她是相信现代医学，一次次去医院治疗，并接受了手术。但是治好的病很快又复发了，而且无法预料这病究竟会发展到什么程度。对于去年年底发作的剧烈头疼，医生的治疗也没什么特别的效果。怀着急病乱投医的心情去找针灸治疗，似乎有了一些效果。

经历了这么一个过程，她都不知道该相信什么了。也许正是在这种彷徨迷惑中，偶然看了书，便生出了男性激素对癌症治疗有效的幻想。

“不管怎么说，试试也无妨吧……”

久我一下子觉得梓真是可怜，便放软了口气。

“但无论如何，你不听医生的话是不行的，你说是吧？”

久我苦口婆心，梓默不作声。

就在这沉默当中，久我再一次感到梓的内心深处潜藏着一种如同无底空洞一般的寂寥，他不禁打了个寒噤。

在这种时候，讲多么有道理的话，都无法指望梓能听进去。

现在梓需求的，既不是常识、道理，也不是医学理论，相比这些看上去很有道理的东西，她更需要的是可以消除现实中存在的头疼，制止病情进一步恶化的“法宝”。只要能得到这个“法宝”，不管多么陌生无知、稀奇古怪的东西，她都会不管不顾地去尝试。

“冷吗？”

为转变一下气氛，久我将瘦小了许多的梓抱过来，将羽绒被盖在了她的肩头。

“感冒了可不好。”

身体虚弱的时候，感冒很难痊愈。

“今天能在一起，真好。”

感受着梓的温情，久我忽然想起刚才可是今年的第一次情事。

“你知道‘姬始’[①]吗？”

“嗯……”

---

① 日本人称年初夫妇第一次交媾为“姬始”。——译者注

“今天是一月五日。”

说着，久我想起一首吟诵“姬始”的俳句。

白雪皑皑，积雪深深，
恢恢屋盖，寂静无声，
一对爱侣，翻云覆雨。

这是草太郎的俳句，逐字低吟，眼前便浮现这样一种景象：在大雪纷飞的雪乡，顶着厚厚积雪的屋梁下，屋子里一对男女正专心致志地奋力做爱。

房间里除了两人的喘息声，什么声音都没有。静谧之中，潜伏着无边无际的淫猥和暧昧之气。

“北方也许正在下雪，”久我正想得出神的时候，梓嘀咕了一句，“一定非常安静。”

“只听到下雪的声音。”

“下雪的时候，能听到声音吗？”

“有的人能听到，有的人听不到。不过，好像也能从空气的变化中知道。”

久我说了以前从常常下雪的地方出来的朋友告诉他的事。

“反正是十分安静了。”

“真想去领略一下啊……”

听梓这么轻声一说，久我也一下子来了想出门旅行的兴致：“去看看怎么样？”

“真的去？”

“只要你能去。”

“带我一起去。”

见梓很干脆，久我重重地点头：“好，那就去吧！”

说着又用力抱住梓，梓也紧紧地搂上来。

在这种肌肤之间实实在在的接触中，久我又思忖起梓的眼睛来。

到如此大雪纷飞的地方去，她要紧吗？去年年底那样的头痛和严重的晕眩会不会再次发作？但转念一想，如果老是怕发生这样的事，那什么地方都去不成了。

“不管发生什么都不怕。”

“是嘛。”

紧紧抱着口气干脆利落的梓，久我有一种预感，这也许是他俩最后一次旅行了。

第七章
雪　冠

人们说，北陆有两个冬天。

一个不用说，就是终年下雪，人们的生活也与雪息息相关，所谓豪雪地带的冬天。另一个冬天，则是指靠近日本海海岸线的平原地区，那一带到了冬天倒不怎么下雪，更多的是在阴霾的天空下刮着夹着雪珠的寒风。当然，人们的生活也不怎么受雪的影响，但是大风带来的寒冷却成了问题。

实际上，单就新潟县一地来看，靠近三国山脉的越后汤泽、六日町、盐泽的豪雪地带和几乎没有积雪的柏崎、寺泊、新潟等濒临日本海的地区之间，气候状况也是有着明显的差异。

也就是说，新潟也有两个冬天。

如果不清楚那个地方有这样的区别，对从沿海地区来的人说“那边大雪一定够呛吧”之类带有同情意味的话，他也许会冷冷地回你一句：“下雪？什么都没有啊。”

说明白点，这么回你话的人，内心有这样的一个希望，就是不要将北陆和新潟看成一个概念，应该稍加区别才对。

比如，电视里的天气预报中，在预报“新潟地区，雪”的时候，就在电视屏幕的地图上的新潟县位置标上雪人，还有下着雪的图像。看到这些，东京人就会认为新潟今天又下雪了，于是，就对着从新潟来的人说出上述那番话来。

为防止这一误会，即使是同一个新潟县，也应该分为沿海地区和靠山地区两个部分来预报，但现实当中，并没有分得那么仔细。

关东一带分为沿海地区和靠山地区，为什么北陆就不能区分一下呢？这样一想，地方上提出的所谓“天气预报也有歧视地方现象”的意见也并不是没有道理。

这个我们暂且不说。这次，久我想和梓一起去的地方，就是新潟两个冬天的靠山区雪下得最厉害的六日町。

已经是十多年以前的事了吧，久我曾经从这个小城穿过小千谷到达长冈。

那时是为了了解幕府末期的长冈前往采风，在六日町借宿的一家旅馆给他留下了难以忘怀的印象。

那旅馆是利用江户时期当地豪族公馆改建的，黝黑色的梁柱稳重大方，再配上以白墙为基调的建筑风格，豪华壮丽中透出格调别致的风趣。

久我很想在这个雪城安静的旅馆里和梓一起，悠闲地度过时日。

本来，这次旅行的念头是由久我无意中想起草太郎的那首俳句引发的。想象着这首俳句表达的意境和雪国的景色，久我更加向往了，“务必要去一次”。

目的地决定了，两个人很快商定了日期，准备在一月底的星期天出发。

好不容易出来一次，当然是游客稀少的时候更好，星期天夜里应该比较空。

一切决定之后，久我在电话里试探着说：“若能住两夜也是可以的……”

第一夜在那个旅馆里过，翌日，去观赏冬季的日本海，若能在新潟住一宿，就能充分领略北陆之冬的美景了。

“怎么样？”

久我问道，一边却想着这是不是有点过分。也许梓在思考要不要接受，隔了一会儿回答：“知道了。”

奇怪的是，梓这么一说，倒是久我有点不安起来。

这次两个人悄悄出去旅行，对于梓的身体未必有好处。

这个时候，离家两天到大雪纷飞的地方去旅行要紧吗？

而知道这种情况久我还提出旅行。

“那就期待那一刻哦。”

说着，久我告知了列车开车时刻等，梓回问道：“那里雪积得很厚吗？”

“听说今年下得也很大，已经积了一米多厚了。”

“那我可以穿西式服装去吗？”

确实，穿着和服去积雪很厚的地方也许很不方便。

“这么说来,《雪国》中的驹子倒是一副毛毯披肩加裙裤的打扮。”

“遗憾的是，我还没准备这些呢。”

“只要按你喜爱的样子穿戴就好。”

“明白了。”

“那说定了……”

久我叮嘱着，心里还是有些不安。

约定的星期天下午一点刚过，久我就像上次去京都一样，坐在与东京火车站相连的车站饭店入口的咖啡吧等待梓。

进入新年后，东京连续多日都是晴朗的好天气，今天也不例外，冬日的天空看上去湛蓝湛蓝的，一望无际。

从这个阳光明媚的东京出发，不过一个半小时的光景，就可以到一片白茫茫的冰雪世界。

一听说越后，会觉得很是遥远，但留意一下却是意外的近。

久我一边这么想着，一边喝着咖啡，不知不觉就到了约定见面的一点半，梓还没来。

以前也是在这个地方碰头的，应该不会搞错地方。

梓本来就是一个很守时的人，但现在过了约定时间十分钟了，还没出现。

虽然离开车还有二十分钟，但总归让人有点心神不宁。

即使临时发生无法出门的事，也应该电话联系一下。

久我心里很是焦躁，喝了剩下的咖啡，抽完了一支烟。

上次去京都的时候也是这样，相见之前总是心绪不宁。

又过了十分钟，久我沉不住气站了起来，一边在账台结账，一边将目光投向门口。

因是星期天的下午，白领装束的人很少，倒是拖家带口的旅客分外多。

久我眼睛看着门口结完账，提着旅行包经由入口的旋转门走出室外。

忽然，在午后刺眼的阳光照耀下，久我看到刚刚从出租车上下来的梓正在走过来。

他不由得举起手来，朝梓的跟前跑去。

“对不起，我来迟了……”

今天梓穿着难得一见的黑色羊绒大衣，手里提着和穿着和服时不一样的茶色旅行包。

“快走吧。”

久我推着梓的后背，从检票口向上往新干线的站台走去。

两人乘上列车，找到坐席落座，此时，站台上的时钟显示的时间离开车只有三分钟了。

“还好，赶上了。”

在空空的软席车厢中间位置坐下，久我终于放下心来。

“要是再晚一点就来不及了。”

定下心来后，久我很想知道她迟来的原因，但梓只是反复地说着“对不起”。

将两人的行李放上行李架后，就像只等着他俩坐定似的，火车启动了，久我再次打量起梓来。

“好久没看你穿西服了。”

“很别扭吧？”

“没有啊。”

脱去了大衣的梓上身穿着暗红色的毛衣，下面是羊毛长裤加黑色的长筒靴。

以前，别说和梓初次见面，就是再次相见，她也几乎都是穿西服。开始穿和服，大概是近五六年的事，就此而言，还是穿西服的样子更熟悉一些。

“穿着西服，看上去显得瘦削了吧？”

确实，像今天这样，套领毛衣配上羊毛长裤显得轻盈苗条，体形和西服很是相称。

“不过，已胖了一些了。”

与新年相见的时候比起来，脸颊和胸部是丰满了一些。

“为了今天，我拼命地吃东西呢。”

“今晚也吃得饱饱的才好。”

久我告诉她，接着要去的地方是出产高志水晶稻等优质稻米的地方。

“那里靠近盐泽吧？”

梓大概是因为平时穿着和服，所以对盐泽绸尤其关心。

“六日町的边上就是盐泽，因为那一带雪大，所以一到冬季纺织就成了主要产业了。”久我按着指南书上看来的知识介绍给她听，不觉又想起了梓穿着盐泽料子做成的素白的单层无夹里和服的样子来。

“那料子的和服穿在你身上真合适。”

“好想去看看正宗产地的料子。”

“盐泽有个‘丝绸纪念馆’，到了那里，可以让你用真的织机纺织布料。”

“是吗？真想试试……”

穿着毛衣的梓眼里闪着光，与其说那是眼疾的关系，倒更希望那是因为好奇心使然。

列车已经离开东京过了上野，向大宫飞驰。

“这么晴朗的天，那里果真在下雪吗？”

梓侧首远望着在午后阳光的照耀下熠熠闪光的幢幢大楼。

“确实有点儿不可思议，一过隧道，顿时就成了另外一个世界。”

《雪国》这部小说是以“穿过县界长长的隧道，便是雪国……”这么一句开头的，那种景象在经过了六十年后的今天还是没变。

“群马和新潟之间的群山，使两地的景色完全不一样。”

等一会儿列车过了大宫，翻越高崎后，就将进入长长的隧道。隧道上的三国山脉厚厚的山体将大地隔成两半：一半靠近日本海，另一半濒临太平洋。

冬天，来自日本海充满湿气的寒风和云朵受到成排山峦的阻拦，就地成雪，普降大地。雪下得最厉害的地方，就包括六日町、盐泽等小城在内的地区。

“不仅是风景，产业和人的生活都完全不同。”

“真有趣。”

梓稍稍将上身歪向左边，做出了挨近的姿势。久我很快察知了这一变化，右手越过坐席框架去触摸梓的左手。

此时车厢内已结束验票，估计列车员不会再出现。也许是星期天的下午，又是下行列车，乘客格外少，只看见久我坐席的斜后方和前两排的坐席上各有一对乘客。

幸好，梓从胸口到膝盖是盖着盖膝毛毯的。

久我用手悄悄伸入其中，紧紧地握着梓的手。

“真开心。”——这是久我此时的心情，但他没有用语言表达出来，而是仅以热烈地握着手来充分传递他的感受。

一会儿，久我放松了手指的力量，仅是享受着肌肤的触感。而梓也轻轻地回握过来。

作为回应，久我再次握住梓的手，同时想象着今夜的情形。

窗外鹅毛大雪一个劲儿地下，屋顶上已经积了厚厚的雪，而房间里暖气开得恰到好处，显得暖意融融。

屋子中间铺就的被褥上，梓一丝不挂地横躺着。

现在不管你想怎么接吻，看多仔细，以什么样的方式索求，一切都已是久我的自由。

不，这个时候的梓是自己主动燃起欲望，用嘴唇在久我的身体上跋涉，欣赏、抚弄男人的那个家伙，追求着自我燃烧的渴求形式。

确实，最近的梓用的是只能称之为淫荡的燃情方式。

从外表上看，丝毫没有这种迹象，但一到两个人在一起的时候，就表现出令人无法想象的炽烈和娇媚。

然而，久我对梓这种暗藏的淫荡，比什么都喜欢。

男人和女人终极追求的东西只有一个，那就是沉溺于不堪入目的、被称作好色的魔境中。

脑子里旋转着各种念头，久我的右手慢慢地在盖膝毛毯中伸向梓的大腿部。

“不行哦……”

梓嘟哝了一声，但久我还是不顾一切地侵入。

将食指和中指合在一起，先如同窥视梓的大腿内侧一般上下来回滑动，接着像终于发现了什么似的停留在胯股间的一点上，稍息一会儿又再次慢慢地左右移动。

列车已经离开城市，在上州的原野飞驰。

久我斜眼看着窗外，加快了手指运动的速度，而梓也不怎么抗拒了。

像是得了自信似的，久我用两根手指探入股间，并进一步深入其间。

到了这个位置，如果是和服，应该可以触摸到微暖的秘处，但现在是羊毛长裤，无法再得寸进尺，直接触及了。

但是，也许正是因为手指和秘处之间有着衣服间隔，手指便可以变本加厉地大胆活动，而梓也安心任其为所欲为。

就这样，久我的手指动得更加细致，一会儿感到胯股间似乎有轻微的汗，这时，梓也稍稍扭了下身子。

久我快速地瞥了一眼，只见梓的脸向着窗外，闭着眼睛，嘴巴微张。

可以确知，梓正感受着久我的手指带给她的感觉。

像是为了不放过这个瞬间似的，久我继续把指尖深入里面。此时，也不知从哪里伸出梓的一只手来，紧紧地推拒着久我的手指，并传来低低的声音：

“停下……”

就在这时，列车驶入长长的隧道，沉入淫靡之中的两个人被火车进入隧道后发出的轰响声和随即灌进车窗的黑暗所吞没。

穿过了长长的县界隧道，突然，四周变成了一片白茫茫的冰雪世界。

“嗯，走吧。”

久我像是自我振作一下精神似的走下站台，立刻感觉一股寒气扑面而来。

以往因前来滑雪的年轻人而热闹非凡的越后汤泽车站，到了星期天下午，下车的乘客却稀稀拉拉的。

他俩跟着这拨人走下台阶，穿过车站建筑物，前往出租汽车候车处。

站前广场也许相当宽广，但现在因为积了超过一人高的雪，路面只剩下一辆汽车来去的宽度。

久我乘上开到面前的出租汽车，说了六日町那家旅馆的名字，一打听路上所需时间，因为在雪路行驶，大概需要三十分钟。

从晴朗的东京一下子来到雪国，用一段时间熟悉一下雪中的景色也不错。

“好像并没有想象的那样冷。”

久我应着眼望窗外、自言自语的梓，想起了以前在冬天去钏路的情形。

那里地处太平洋沿岸，几乎不下雪，取而代之的是刀割一般的寒风，可以冷到人的身体里。相比而言，越往后下的雪越大，四周被轻柔地包裹起来，却给人独特的温柔感。

“客人是从东京来的吧？”

听着司机的询问，久我点点头，并问道，今年的雪算大吗？

“嗯，可不是嘛！”

三天前下起的大雪虽然造成了原有铁路线停运，但司机的声音却出人意料地轻松。

“我们这里，没有雪就做不成生意。”

确实，这一带的滑雪场，靠着雪才能开张，久我和梓也是想泡大雪中的温泉才来这里的。

“瑞雪兆丰年，下雪日多的年份粮食也收获多，所以得忍着啊。”

当地的百姓也许把不停下着的大雪看作是老天的恩赐。

汽车好像从汤泽的街道开上了国道，路面变宽了，左右两边则是连绵不绝的高达近两米的雪墙。

“这一带到处都是滑雪场。”司机介绍说。但现在因下雪都关闭了，两边的原野当然也看不清群山的轮廓了。

“今天夜里看来也不会停呢。”

应和着司机的话，久我忽然产生一种错觉，恍如置身于一个银色的冰雪世界。

下雪天的黄昏来得早。

汽车驶入六日町前面的盐泽时，才四点刚过，四周已经开始暗下来。

本来这个小镇就以出产正宗盐泽织物著名，因此他们决定先到镇上的“丝绸纪念馆”去看看。

雪还在不停地下，由于家家户户的门前堆起了高高的积雪，没留意到纪念馆的招牌，走过了头，再次返回才终于找到。

纪念馆是个两层建筑：一楼出售成套的正宗盐泽绸和服料子，以及用这种丝绸制作的坐垫、小口袋、领带等；二楼陈列着当地早期使用的织布机，客人如有要求，可以让其一试身手。

梓饶有兴趣地看着贴在墙上的如何织成盐泽绸的说明，然后好奇地望着陈列的织布机。

“即使是初学者也十分简单，只要将纬线交叉着穿过就成了。”女导游在已张好经线的织布机前介绍说。梓似乎有点跃跃欲试了。

“那您教我一下吧。”

梓坐在织布机前，将穿好自己事先挑选的橙色丝线的机杼送向一边，与此同时，用双脚打开织布机，再关闭。

一开始还有点手忙脚乱，后来渐渐熟练了，嗞——吧嗒，嗞——吧嗒，随着这个节奏，一根根纬线交叉重叠，慢慢地便出现了一块布料的雏形。

“真熟练啊。”

女导游称赞说。如果就这么系上吊衣服袖的带子，围上围裙坐在织布机前，梓好像就成了一个美丽的纺织娘了。

也许是受到赞扬后心情大好的缘故，梓一刻不停地织着，最后织成了一块近二十厘米长的布料。

“这个您带回去作为纪念吧。”

女导游将布料的两端对齐折叠后递给梓。梓挑选的橙色纬线和绿色经线搭配和谐，花纹华丽，品位不错。

在纪念馆待了三十分钟左右，出来时天色更晚了，四周陷于黑暗，反而更衬出雪色的明亮。

汽车再次驶上国道向六日町进发，估计十多分钟就可到达。

"你织布的样子真好看。"

想起在纪念馆的情景，久我说。梓听了立刻一脸正经地说：

"我忽然发现自己也许很适合做这个工作。每天在'嗞——吧嗒'的节奏中一点一点地织出布来，光是想想能织出这么好看的布就感觉很棒。"

"如果有你这样的纺织娘，我从东京要来这里好几次。"

"真的吗？"

"当然，也许就这么居住下来了。"

"不过你很快会厌烦的。"

梓接着说：

"我是没问题。生活也许会很单调，但能织出这样美丽的布来，或许一切痛苦和恐怖的事都会忘掉。"

梓说的痛苦和恐怖的事究竟指什么？

久我想着这些的时候，雪还在不停地下着，汽车在一片白茫茫的银色世界一个劲儿地向前驶去。

预订的旅馆坐落于能望见六日町坂户城遗迹的山脚下。本来这一带是战国武将上杉谦信的姐夫越前守长尾政景的菩提寺[①]所在地，

① 日本人称埋葬先祖的寺院为菩提寺。——译者注

后来把当地豪族的宅邸改建成了旅馆。

不过，现在留下的只有正面的入门处和左右的休息室。像凤凰的翅膀一样展开的长廊和起居室是后来加建的，黝黑的房柱和房梁，白墙格调的建筑风格，仍被继承。

汽车开到旅馆入口的长屋门时，雪继续下着，唯有脚下的踏脚石，因有融雪管道流出的热水，呈现出黑黑的样子。

旅馆老板急忙帮着将行李从汽车的行李箱中取出，抬头一看，高达十米的长屋门顶上和旅馆主要建筑物的屋顶都被厚厚的雪覆盖

将衣服脱去丢入衣筐，进入浴室，只见顶棚上围着好几根又黑又粗的木梁，从汤池里升腾而起的水蒸气弥漫着，一片雾气腾腾。

这里像是轻微的硫黄温泉，在散发着轻微气味的热水中，久我将整个身体浸入，只没到头颈，尽量充分地放开手脚。

汤池是窄长形的，顶上盖着一层厚厚的玻璃窗，上面也积着很多雪。

一边望着纷纷飘落的雪花，一边将身体浸泡在温泉中，久我深切地体会到生活在日本的幸福。

正以这样的心情享受温泉时，不经意看见左边有一扇木门，旁边写着“露天浴场入口”几个字。

在这样的大雪中还有露天浴场?

于是久我生出想去一探究竟的念头，但转而一想，那里肯定非常冷吧。

泡了一会儿，忽然，从隔着边上另一个浴场的石制墙壁那头传来了浸泡温泉的声音。

从方向来看，那里应该是女汤池，现在梓是不是也是一个人呢?

久我一下子来了兴趣，他靠近墙壁低声说道:“喂，喂，是我……”

呵呵，这样的招呼法是有点奇怪。久我这样想着又低呼了一遍，忽然，那边也传来了梓的说话声。

“怎么了？”

得到回音，久我受到了鼓励，他慢慢移到石壁下：“现在一个人？”

“嗯，是的……”

“我这里也是一个人。”说着，他又稍稍放大声音问道，“我到你那里去好吗？”

……

“或者你过来？”

“那……”

“得了，还是我过去吧。”

“不行，好像有人来了。”

那边传来梓劝阻的声音，但久我还是不管不顾继续说道：“你那边也有露天浴场吗？”

“好像有的……”

“那我们一起去那吧。”

“你在说什么啊？”

梓好像有点惊慌失措，这更激起久我想去的欲望。他立刻走出汤池，稍微擦拭了下身体，就穿着浴衣悄悄潜入“女汤”。

“嗨……”

带点恶作剧的味儿进入脱衣场后，只见衣筐里只有梓的衣服整整齐齐地放在里面。

久我把自己的浴衣脱下放在一边，打开了浴室的门。

“干什么呀？”正在用温水冲洗身子的梓带着吃惊的神色回过头来，“要是被人发现了可怎么好啊。”

梓生着气，她的裸体在升腾的热气中泛着白色。

“不要紧的。”

到了这个地步，只有贯彻初衷，强行进入了。

久我拉起裸着身子蹲在地上的梓的手，就去开通往露天浴场的门。

“好冷……”

久我不由得打了个寒战，收拢脚步躲开飘下的雪花。

受不了刺骨的寒意侵袭，久我赶紧把身体浸入温水中，梓也跟着泡进了水里。

不管怎么说，久我总觉得有种绑架裸女的感觉，泡在汤池里毕竟暖和得多。

“能两个人在一起，真好。”

梓好像还在生气，久我就像没发现一样，只顾眺望四周的雪山。

“这边很暖和啊。”

用石块围起来的圆形汤池直径有五六米，靠近泉水涌出的岩石裸露的地方好像水更热一点，所以招呼梓过来。两个人抬头看着天空。

“这雪可真大。”

夜空像是被割开漏了底似的，雪一个劲儿地下，飘下的雪花像被吸入似的掉进只有一点儿篷盖的汤池里。

久我背靠石头，从背后搂着梓的胸和腰，嘴里喃喃地说着：“真安静……”

就算这么睡去，丧失意识，也很好。

久我这么想着，斜眼一看，水里的梓正闭着眼睛，夜空中的雪花落在黑黑的睫毛上，一会儿就融化了。

从温泉回到房间，阿信已备好了晚餐。

“那澡堂怎么样？”

“很不错。”

“露天浴场去了吗？”

“待了一会儿，一边望着飘下的雪花一边洗温泉，那可是第一次。”

久我装作不知道的样子，梓斜眼朝他看了一眼。那样子好像在说“你强行闯入女浴室呢”，但毕竟还不至于说出口来。

“因为是冬季，也没什么吃的……”

阿信用很抱歉的语气说着，宽大的桌面上摆满了菜肴。

“饮料要什么呢？”

“嗯——先要点啤酒和温热的酒吧。”

久我订了酒后，就和梓面对面地分坐桌子两边。都是刚洗完澡，身上是浴衣加和服短褂。

菜肴从眼前数起，有餐前小菜海胆酱山药泥，开胃菜是杂色鲍和咸鲑鱼子配通草嫩芽等，生鱼片是五条鲕鱼和北长额虾，炖品是藕根、嫩笋加鳕鱼海带卷，一旁还有以螃蟹肉为原料的醋拌凉菜。

大多是冬季在日本海捕获的时鲜品。

两人望着满桌的菜，阿信拿来了啤酒，帮着倒入各自的酒杯。

“来，开动吧。”

两人轻轻地碰杯，举筷。

“菜肴真丰盛啊。”

“这里还有松肉汤，待会儿端上来。”

说着，阿信点上了桌子上的小炭炉，然后搁上陶板，在鲑鱼片上配上蔬菜。

“夫人，菜直接烤着，如果火小了，请招呼我一声。”阿信拜托了梓后，便离去了。

房间里就剩下他们两个人了。两个人互相斟着酒，久我想起刚才阿信把梓叫成了“夫人”，感觉多少有点别扭。

没问梓听后是什么感觉，但在一瞬间她的脸上也确实露出了不自然的表情。

在这种地方，一般都是把同行的女伴叫成“夫人”。虽然很清楚彼此是什么关系，但刚才的一声“夫人”，使他再次切身感受到彼此并不是夫妇关系。

不过，阿信一开始也许把他们两人看成了夫妇。实际上从她的立场来说，不论是什么关系都和她毫不相干。但从相仿的年龄来看，看作夫妇也并不奇怪。

只要换个角度思考一下就不对了，这一男一女悄悄来到这样一个冰天雪地的地方，不太可能是夫妇。

久我想竭力挥去这些不着边际的想法，给梓斟酒。

“今天晚上可以畅怀痛饮。”

“嗯，喝倒了也没关系。”

“是啊。”

梓要是喝醉了，就只有一丝不挂躺下的份。

“这雪还真能下。”

再次透过隔扇朝檐廊看去，只见一片黑暗中雪花仍在不停地飘着。

“要是一直这么下，不能回家怎么办？”

“你呢？”

“我不要紧啊。”

“那我也是。”

在两人微笑着相视的时候，阿信进来了，大大的托盘上是灰树花菌等油炸食品和成串的烤鱼。

“是红点鲑鱼，请就着香橙和胡葱食用。”

“那么多的菜，怎么吃得了啊？”

“现在才七点不到，慢慢吃吧，冬天的夜长着呢。”

听本地的人这么一说，倒真的开始有漫漫长夜的切身感受了。

久我点着头，他满足于在这个雪夜里、在这个陌生的地方可以和梓两个人对饮。

本来想慢慢吃完这顿饭，但等到酒足饭饱，一看时间才九点刚过。要是在东京，此时天刚擦黑，而在这大雪纷飞的乡间已是深夜一般的寂静了。

阿信进来开始收拾餐桌上的残羹剩肴，久我便打算再次去檐廊看看。

一拉开隔扇，一阵寒意袭来，他不由得将敞开的浴衣领口合上，并重新系紧带子。

“拉开隔扇还是蛮冷的。”

真像阿信说的那样，虽然只隔着一扇隔扇，里外却也有两三度的差异。

“喝得多了点，也许那样正好。”

站在窗前，慢慢开始适应窗外的冷气，此时梓也走过来站在旁边。

也许是久我斟的酒都一饮而尽的关系，梓的双颊有点微微泛红。

为冷却一下发热的脸庞，梓将脸挨靠着窗玻璃，口中低语道：

“刚才的那些鸭子现在正看着这里呢。”

去温泉洗澡之前蹲在浴池对岸的鸭子，不知什么时候已来到喷水龙头附近，正在冲澡。

“它们不冷吗？”

“冷了才有精神吧。”

大雪之夜，一群鸭子若无其事地在水里进进出出，好似一幅绘画。

“人们说积雪能反光，果真很明亮呢。”

雪中的院落，虽然只有檐廊一端的纸灯笼和座台式灯笼发出亮光，但从水池周围直到山脚处都能看得清清楚楚。

“这个样子，要是有什么人躲藏也藏不了身。”

“有什么人会这个时候来呢？”

“是的，这样的雪，谁也不会来。”

即使有人想从后山悄悄地溜进来，这样大的雪，也是寸步难行的。

“能到这里来的，只有鸭子了。”

回头看看房间，餐桌已收拾干净，现在是男服务员来铺床被了。

久我再次将目光转向窗外，让已有三分醉意的梓坐在檐廊的藤椅上。

“雪下得小点了。”

“所谓雪下得小点了，其实就是雪花儿变小了吧。”

入夜之后气温下降，与此同时雪的结晶也紧实了，开始变成雪粉。

"雪姑娘的故事知道吗？"

"听说过，真有这样的人？"

"嗯，怎么说呢……"

久我两手揣在怀里，把以前在《远野物语》中读到的雪姑娘的故事讲给梓听。

那是一个童话故事，说的是在冰天雪地的东北，满月之夜，雪地里突然冒出一个孩子，在雪地上玩耍。

"一直盯着雪地看，是会有这样的感觉出现的。"

"此外，还有恐怖的故事。"

"是什么？"

对着兴趣盎然的梓，久我稍稍压低了声音说：

"也是在东北，走到深山狂雪飞舞的地方，听说有时会遇到和女人的脸形一模一样的雪。"

"你是说雪形成一个女人的脸形吗？"

"死去的人，或者失踪的女人都会通过雪再现在你眼前。"

"真可怕……"

就在梓这么嘟哝的时候，屋顶上传来了房梁吱吱作响的声音。

梓腾地站了起来，紧紧搂住久我，抬头看天花板，除了黑黑的房梁以外，并没有什么异常之处。

"可能是房顶上的积雪松动后发出的声响。"

抱着梓的双肩回头一看，房间里没有一个人了，只有两套被褥并排铺在榻榻米上，中间留着很小的间隔。

不知怎的，那并排的样子总让人觉得有点神秘兮兮的。

久我拉起梓的手，关上了檐廊的隔扇。

"休息吧。"

可能是平时用惯了床的缘故，睡进铺在铺席上的被子里，感觉人像是沉到了屋子底下。

久我躺下后再次环顾房间。

天花板很高，右边是隔扇，与起居室相连的左边用隔扇隔开着。顶头是壁龛，于被褥之间只放着一个纸灯。

按着梓的要求将灯的亮度调暗了，只淡淡地映出枕边的一角。

“过来吧……”久我轻轻地说着，慢慢地将手伸了过去。

被褥之间相隔的距离本来就很小，再加上久我在休息之前已经填了东西，所以手脚一伸就能碰到。

“来……”

说着，久我先用左手触摸梓的臂膀，再用右脚触碰她小小的足尖，趁机一下就把梓抱了过来。

就这么不出声地紧紧抱着，一会儿久我在梓耳边喃喃地说道：“暖和吗？”

梓只是点点头，然后依偎在久我怀里轻声说:“闻到你的体味了。”

“是什么气味？”

“是香烟、酒精等混合在一起的气味。”

对这样的说明，久我有点摸不着头脑。梓像嗅着气味的小狗似的用额头蹭着。

“最近一段时间，我的嗅觉变得特别灵敏。”

“怎么会呢？”

“也不知道……”

一阵短暂的沉默之后，梓像是自言自语，轻声说道：“也许是眼睛的关系……”

“眼睛？”一出口，久我也沉默了。

梓想说的，是不是因为眼疾恶化了，所以相应地嗅觉就变灵敏了呢？

确实有这么个说法，人的五官当中有一个变弱了，其他的感觉就会变得更加敏锐起来。如果是这样，是不是梓的眼睛又变坏了？

就这样，好一阵子谁也不说话。忽然梓像想起什么似的说："我觉得现在对声音也变得敏感起来……"

"听觉变好了？"

"一些不必听到的声音也能听到……"

那些是不是类似于幻听、耳鸣之类的声音，还是真的只是听觉变灵敏了呢？

"比如说……"久我望着天花板问道，"下雪的声音？"

"像是能听到。"

"是什么样子的？"

"像是空中有什么东西在发出沙沙的声响。"

"现在？"

"是的，在黑暗的天空中……"

久我竖起耳朵凝神听着，可是什么声音也没有。

"听不出来……"

"我能听见啊。"

搂着语气肯定的梓，久我恍惚中觉得梓就是一个从夜空中飘落下来的雪之精灵。

明确地说，在久我现在的感觉里，眼下的梓已经不是生活在这个世界中的梓，而是另外一个人了。

确实，现在怀里的梓看上去没什么异样，但已同普通的人类不一样。总觉得好像是从另一个世界降临的精灵。

怀着这样的想法抱着梓，久我内心忽然涌起剥光这个妖精的所有衣物、疯狂凌虐、极尽淫荡加以玩弄的欲望。

现在久我就觉得自己是一个冷酷残忍的猎人，正把枪口对准突然出现在纷飞大雪中的美丽可爱的生灵。

然而一声枪响之后，美丽的猎物从雪地上高高蹦起，以为就此倒下了，没想到接着它用后肢猛踢落雪，眼里露出发疯般的凶光，向持枪的男人发起进攻。

一瞬间，原以为被射中的猎物回过神来，低着头猛然向这里突击而来。

一开始，久我脱去梓身上的浴衣，使其不着寸缕，然后用火一般的唇舌，在泛白的女体最为敏锐的地方深深浅浅地跋涉。

但不知怎的，一留神，久我发现自己成了被亵玩的对象。现在，是梓火一般的唇和舌在尽情舔弄着久我的昂然之物。

照理此时应该“啊，啊”地娇喘连连的梓，不知何时早已反守为攻，喘息呻吟的换成了久我。而梓则是双眼闪着光，好像十分受用男人的喘息呻吟似的。

假如有人从积着厚雪的天花板透过缝隙往下看，一定会被这样一幅妖艳的绘图夺去眼球：一间大大的温暖如春的日式房间中央，一只美丽的猎物正在凌虐一个残忍的猎人。

但这副妖艳的景象并没有持续很长时间。

在从一开始被亵弄，继而反守为攻的过程中，美丽的妖精也许终于无法忍耐，突然骑坐在男人身上，用手把刚才含在口中的男人的那家伙抵入自己身体的深处。

面对突如其来的举动，男人连张皇失措的时间都没有，立刻就被吞入女人的股间，然后便是只顾忍受女人的耸动，仰视天女的身姿。

现在确实就是这样，梓跨坐在久我身上，压住了男人的一切，使其无法动弹。

雪还在不停地下，周围的水池、院子、山坡，还有粗壮柱子支撑的房顶，一切都被深深地埋入皑皑的白雪之中。

在这个一片银色的静谧世界中，只有一个地方，从纸灯笼映照的房间里，传出呜咽一般的呻吟声，在仰躺着的男人身上，一具如同白色妖精一样的女人身体正缓慢地，然而却是实实在在地前后摇晃。

天亮的时候，久我做了一个梦。

地点无法确定，是昨天看惯的越后县界，还是《远野物语》中出现的岩手深山？

对久我来说，这是一个从没来过的陌生地方，雪一个劲儿地下，到了夜里也没有停息。铁路、国道以及所有通往小城的道路都中断了，除了留在这个地方别无他法。

心情黯然地望着一刻不停飘落的雪，突然看见昏暗中有一个闪闪发光的亮点。

这样的地方应该不会有灯亮着，若是积雪反射的雪光，也太亮了些。

正在诧异的时候，看见亮点的地方渐渐地扩大开来，随即，飘下的雪的结晶一个一个地像萤火虫一样闪闪发光，一会儿都变成了小小的雪姑娘。

她们都头戴棉帽子，身体和四肢都是白色的，只有胸部和臀部周围发出青白色的光，像是雪中妖精。

正在久我目瞪口呆的时候，这些妖精形成一圈，像跳华尔兹一般合着曲子跳起舞来。

这是怎么回事？待久我再定神一看，只见雪姑娘中有一人正在朝他招手。

久我神使鬼差般地走过去一看，刚才招呼他的居然是梓，头和身体都和妖精一样通体白色。

梓怎么会在这里？带着疑惑想迈出步子，但双脚被雪裹住怎么也迈不开，心情越是焦躁越是动不了身。

他想尽快去抓住梓，好不容易快要接近舞蹈圈子的时候，亮光突然熄灭了。与此同时，刚刚向他招手的梓也消失在雪地里，一会儿他才知道刚才只是一场梦而已。

醒来的时候，久我感觉全身有些疲劳。

是不是刚才用力蹚雪想接近妖精的关系？

但转首一看，他追赶的梓分明就静静地躺在自己身边。

是昨天夜里说了雪姑娘故事的关系，还是骑坐在自己身上的梓看上去很像妖精的缘故？

久我一边回味刚才奇怪的梦境，一边打量四周。寂静的房间里，赏雪拉窗微微泛出白光，可以看见从外面透进的晨光。现在是什么时候了？看一下放在枕边的表：七点半了。

雪停了吗？檐廊那边应该是挂着窗帘的，现在天该是放亮了吧。

像是要拂去刚才的梦境，久我慢慢地向梓靠过去。

昨夜梓纵情放浪，可现在不但浴衣穿得齐整，连腰部系带都系得好好的。

现在弄醒她时间还早，但又很想触摸她温柔的肌肤。

于是，他从背后搂抱梓的腰，用手环到前面去解开腰带。

对久我悄悄进行的动作，梓做出了抗拒的反应，但久我还是不管不顾地解开腰带，揭开浴衣的下摆，抚摸柔软的臀部。

慢慢地将自己的股间贴在那里，双手握住乳房。

在雪后初霁的早晨，寂静无声的房间，男人以从后面抱住女人的姿势，让肌肤和肌肤互相叠合在一起。

女人还在半梦半醒中，即使触摸她的臀部和胸部也几乎没有什么反应。男人对此倒也十分满足，用全身感受着女人身体的温暖。

也许，幸福的极致也不过如此吧。

久我就这样闭着眼睛享受着。突然，檐廊外面传来咚的沉闷的声响。

大概是屋顶边缘的积雪受到早晨阳光的照射，开始融化，掉了下来。

突然发出的声响震荡了屋子，但声音消失后，又重归寂静。

就这样，久我享受着冬天早晨的静寂，忽然，心里又生出想偷看一下正肌肤相亲着的梓的脸庞的冲动。

此前，他看过好几次梓的脸，但在雪后的早晨，细瞧正在睡梦中的脸则是第一次。

为不惊醒梓，久我从后面慢慢扳转梓的上身，使其成为稍稍接近仰躺的姿势，然后从上偷偷端详她的脸庞。

梓的皮肤本来就好，所以不怎么化妆。

现在是早晨，梓几乎也是素面朝天。在拉窗透进的亮光中，梓的脸越发显得白皙。

偷看睡眠中女人的脸，可不是一件光彩的事。

久我一边这么想，一边看着睡意蒙眬的梓的脸，内心充满了新鲜的感觉。

仔细想来，这样看梓的脸或许真的是第一次。尽管无数次相见，但定下心来仔细端详却是从来没有过的。

也许梓知道了会生气，但睡眠中的脸却是比任何时候都要温柔安详。

当然，过了四十的人，肌肤的弹力已有所下降，眼角和额头也有了小小的细纹。但这只能让人想到生活的岁月，反而更使人油然生起爱怜之意。

在这样仔细端详的过程中，久我又有了新发现：梓的脸上黑痣特别多。

先是右唇下的一颗，那是早就知道的，现在又发现在下颚尖和耳朵下也有小小的黑痣。

从耳旁向左边额头看过去，那里也有一颗黑痣。黑痣斜上方披散开的头发下面有一道疤痕。那是去年夏天眼部手术留下的印记，已经见过几次，还是那条细细的印痕，没什么特别的变化。

看到那里，久我的视线便自然而然移到左眼。

按梓的说法，眼睛内部的肿瘤再次变大了，但只从外观上看，并没有什么特别的异样。

双眼的眼睑像是把眼睛包裹着似的闭合着，睫毛在眼皮上面落下了小小的阴影。

昨天夜里两个人在露天浴场时，雪花也飘落到那里，只停留了一会儿就融化了。

想着这些事，再定睛看她的眉毛，发现中间有一条细痕。

一开始久我以为是眉黛痕迹，但仔细观察，却发现比眉黛要细，而且好像是勒进皮肤里面似的。

“这是怎么回事……”

久我觉得有点奇怪，用指尖轻轻地擦拭这条印痕，但它一点也没有消失的意思，反而因为分开了眉毛而显得更为醒目了。

“难道是疤痕……”

当久我想再次触摸的时候，梓像是表示不愿意似的轻轻摇着头，慢慢睁开了眼睛。

突然，梓看久我的眼神变得狐疑起来，接着又大大地睁开眼睛，问道：“怎么了？”

没什么特别的事，只是看看而已。久我正想这么说的时候，梓叫了起来：

“你刚才在看我？”

“没……”

“真讨厌啊……”

突然，梓伸出双手在久我的脸上劈啪劈啪地打了起来。

突然遭此袭击，久我不由得仰身避让，但梓并不罢休，而是伸出尖着指甲的手指继续进攻，久我慌忙逃离被窝。

因早晨意想不到的骚扰，梓也没了睡意。现在就做出门的准备似乎早了一些，但又不想继续休息，于是两人一起穿上浴衣去温泉泡身。

昨天夜里雾气腾腾看不真切的天棚现在看得很清楚，宽大的玻璃窗外雪依然积得很厚，早晨的阳光在积雪上反射出耀眼的光芒。

宽大的汤池里只有久我一人泡着。他再次隔着石墙和梓搭话：“你那边也是一个人？”

“不可以，不行啊。”

梓好像在提防久我会像昨天夜里那样偷偷过来，但事实上，毕竟还没勇气在光天化日之下做到这一步。

“别担心，我不会来的。”

久我回答着，这时又想起早晨看到的梓眉毛中间的疤痕。

疤痕有五六厘米长，为什么以前一直没发现呢？

仔细想想确实很奇怪，难道是因为疤痕藏在眉毛中间，而且还沿着眉毛形成小小的弧度的缘故？

那疤痕到底是怎么来的？看上去不应该是跌伤的，难道也是做手术留下的？

发现的时候久我想问梓的，但一看梓生起气来，便没有开口。

实际上，要问的话以后总有机会问的，但不知怎的，久我觉得这样问了会带来不好的结果，所以没有开口。

久我身子泡在温泉里，脑子却在呆呆地想着，此时听到隔壁传来了梓的声音：

“我先上去了。”

“已经暖和了？”

“你慢慢泡吧。”

久我一边答应着，一边想象梓离开浴池后忙着化妆，用眉笔描画眉毛，仔细掩饰伤痕的情形。

九点，阿信按时将早餐送进了客房。

晚餐丰盛，早餐也不逊色。海带木鱼汤配咸鲑鱼、烫豆腐和青菜陶板烧等一应齐全。其他还有本地的特产乌贼纳豆和勾芡菜汤，因为是新年，还增加了黑豆。

这么多的菜，光就着米饭吃觉得有点可惜，于是久我要了一瓶啤酒。

在品尝了烫豆腐和陶板烧之后再添饭。

“真想再喝点酒呢。”

“那我去准备吧？”阿信起身欲去张罗。

“算了算了，一早就喝酒，今天就回不去了。”

“那就再住一晚啊。”

那虽然也不坏，但这样一来，就只能一直这么住下去了。

“还是来瓶啤酒吧。”

阿信赶紧从冰箱里取出啤酒，给两人的酒杯斟酒。

久我喝了一口，阿信问道：“昨晚睡得还好吧？”

“嗯，睡得很熟。”

久我嘴里这么回答，心里想的却是梓凌驾于自己身上时的姿势。

确实，在这间屋子，曾有一具白皙的女体极尽娇媚，狂荡奔放。

而现在，已不见一丁点儿淫浪的样子，浴衣外罩着和服短褂，在静静地拿着筷子吃菜。

“终于雪霁放晴了。”

“好像是早晨六点前后停的雪。接下来去哪里呢？”

“先乘新干线到燕三条，然后坐车看日本海，去新潟。”

“冬天的日本海也很好看呢。”

阿信说着，将不用的碟子放在托盘里拿走了。

房间里又只剩他们俩了。久我再次朝梓看去，浴后的梓头发稍稍往后盘起，脸上略施薄妆，眉间的疤痕已不见踪影。

久我又一次想询问眉间疤痕的事，但最后还是把话咽下了，夹起一粒黑豆放进嘴里。

“这个很好吃呢。”

黑豆很饱满，嚼在嘴里口感不错，还有点甜津津的。

“你吃着看看。”

梓点了点头，将筷子伸向放着黑豆的小碟子。

久我又喝了口啤酒，他的视线再次回到桌子上，只见梓正用筷尖夹起黑豆。

正当她要送进口的时候，那黑豆忽然从筷子间掉了下来，落在桌子上后又滚到地板上。好像掉在了梓的左膝附近，梓慌忙弯下身子去找，但好像没找到。

“大概在桌子底下吧。”

“对不起。”

梓还想继续寻找，但久我制止了。

“随它去吧，不会弄脏什么的。”

梓放弃了继续寻找的念头，抬起头来，将手里拿着的筷子放在了筷架上。

“怎么了？”

怎么连饭都不吃了？久我奇怪地问道。梓闭上眼睛，轻轻地用左手按着两侧的太阳穴。

“不舒服？”

梓摇摇头，然后慢慢地将手从脸上拿开，轻声说：“对不起，我有点儿晕眩。”

“要不要叫医生来？”

“好了，已经平复下来了。”

梓像是对自己这么说的，然后慢慢拿起盛着凉水的杯子。

望着静静地把水喝完的梓，久我想起刚才豆子滚落在桌子上的情景。是突然晕眩才没夹住呢，还是眼睛变坏无法用筷子夹豆子了？

想到这里，久我突然产生了不好的预感。难道，梓的左眼已经什么也看不见了？

悠闲地吃完早餐，两人做完出发的准备工作已经是十一点多了。

离开之前，站在檐廊向院子里望去，只见被雪围着的水池周围有几只鸭子在朝这里张望。

“大概是在为我们送行吧。”

“它们还不至于那么多情吧？”

久我歪着头说道。梓向鸭子们打着招呼：“再见了，多保重啊。”

有没有忘记的东西？久我离开檐廊返回房间。有人敲门，是女掌柜来告别。女掌柜长着一张新潟人特有的圆圆白白的脸蛋，穿着盐泽绸料子白底灰色条纹花样的和服。

“过得怎么样？实在没什么好招待的。”

“不，过得很舒畅，享受了这里的瑞雪和静谧。”

久我谢着礼，想起昨晚那淫荡的一夜，自己都有点儿赧颜。

“这是饭团，不嫌弃的话路上可用来充饥。”

梓接过女掌柜递过来的包着饭团的包裹。

“这里的大米非常好吃，高志水晶稻米也十分特别。”

确实，昨晚和今早的饭菜，经不住可口大米的吸引，久我还添了饭。

“承蒙各位厚爱，这也许是因为这里常年下雪的缘故吧。”

女掌柜微笑着说。这时，阿信进来告知：“车已等着了。”

虽然只住了一夜，但还是让人留恋。

久我再次回头环顾房间，穿上拖鞋。

长长的走廊一直延伸到玄关，左右两边都积着厚厚的雪。积雪在阳光的照耀下，开始一点点融化。

手里提着外套走出玄关，只见旅馆主楼右边屋檐上的雪柱坠得更低了，眼看就快掉下来了。

“这雪今天还得下。”

应和着女掌柜的话，穿过长屋门，只见出租车就停在跟前。

“谢谢，下次请务必再来。”

两人耳旁响着女掌柜和阿信在雪后放晴的上空回响着的、听起来格外清脆的道别声，坐上了出租车。

离开六日町的旅馆，到达越后汤泽车站的时候，雪面上还反射着令人眩晕的阳光，而坐着新干线到达燕三条的时候，天空再次变得阴沉起来，像要飘雪的样子。

那里车站四周的积雪之少，简直和六日町没法比。道路两侧也几乎没什么积雪。听说新潟的这个地方越往里走，雪下得越厉害，而靠近海岸线一带就几乎不见雪的踪影了。这一带也许正处于两者的分界线上。

久我在车站前上了出租车，吩咐司机从弥彦经岩室去越后的海岸。

“没什么特别要去的地方，只是想看看日本海而已。”

冬季的日本海寒风呼啸，应该不会有人去看海吧。但听司机说，去那里的人还是有的。

“寺泊那地方还是很有人气的。”

“那就先到那里，然后沿着海边回新潟吧。”

本来就不是急匆匆的旅行，和梓一起看看日本海，黄昏之前到达新潟就可以了。

车在山间道路上行驶了约三十分钟时，眼前出现了一片稍许开阔的平地，处处可见酒店、旅馆模样的建筑，这里大概就是岩室的温泉街了。

“先去休息一下怎么样？”

久我想起早上梓曾有过轻微的晕眩。“还是直接去吧。”梓回答说。

久我答应着，然后偷偷瞥了一眼梓的侧脸。

从久我坐的位子可以看见梓的左眉，但早晨见过的疤痕已消失在眉毛中间了。

那个疤痕究竟是怎么来的？

他很想再问一下，但还是没有开口，而是悄悄地握住了梓的手。

说起来，昨天这个时候两人正坐在东京出发的新干线上，经过长长的县境隧道。那时，久我用手指潜入膝盖盖毯下触摸着梓的股间。

现在在窄小的出租车里，久我不想那么做。与其说这是自我克制，不如说是因为已经和梓一起过了一夜，得到了满足。而且今夜还可以在一起，有了这种安心感，久我也就不怎么急躁了。

汽车再次在蜿蜒的山道上行驶，接着转入下坡道。才一会儿工夫，眼前便豁然开朗，大海，就出现在前方。

下了坡道，汽车一驶上海滨道路，就发现有一块“间濑”的标志。道路的尽头是一片海滨沙滩，紧接着，右边出现了一个小小的村落。

“从这里到寺泊，只消十五六分钟就行。”

司机介绍说。道路和海岸平行向前延伸，到了这里确实是看不到雪的影子了。

阴沉沉的天空下，呈灰色的日本海广袤无边，直达天际线的地方，多重白浪向岸边涌来，撞在防波堤上碎成一片雪白的浪花。

冬天的日本海果真是渺茫无际，有着让人难以靠近的冷峻。

“这种冷冷清清的感觉，真是别有滋味啊。”

久我自言自语着，他想，自己对冬天大海的憧憬，与其说是仅仅想看一看，不如说是被它的可怕所吸引。

两个人都把脸朝向靠海的那边，透过车窗往外眺望。一会儿汽车开到了靠着海边一字排开的市场，那里正在销售各种海产品。

“这里的鱼蟹什么的非常便宜，所以周末会有许多游客坐着好几辆大巴来这里采购。”

司机介绍说。但这里的气氛和久我原先想象的有点儿不同。

一听说寺泊这个地名，久我首先想到的就是过去北陆大道上的驿站，从奈良时期开始被称为国分尼寺泊，即免费投宿的简陋茅舍。当然，后来成了被送往佐渡的流放犯人的渡海中转站，接着又成了渔船集聚的码头，一度十分热闹。

再后来，则成了失明女艺人巡回演唱的小镇。

久我和梓一起下了车，站在海边。像是等待已久似的，阴沉的天空开始飘起了小雪。

所谓天阴欲雪的天空，果然就是这个样子。

“回去吧？”

梓用双手竖起大衣的领子静静地看着前方，海面吹来的寒风刮在身上好像有点站立不住的样子。

久我用一只手扶着她，眼前浮现的却是拖着沉重的脚步在海边行走的卖艺盲女。

现在应该已经没有这种现象了。瞎眼的盲女在寒风中拄着拐杖踽踽独行的时候，肯定是非常不安和胆怯的。

但是，在反复多次这么来来往往的过程中，瞎眼的盲女成了女艺人，能够通过风声和波涛声揣摩大海的脾气，故而对季节转换变化也比任何人敏感。

“走这样的路……”久我刚说了开头就把后面的话咽下了。

“什么？”梓回问道，然后做出说话声被风声吞没的样子，再不出声。

刚才久我差一点就说起盲女的事，很有可能梓也会丧失视力。

明知这一点，再给她说盲女的故事，那未免太残忍了。

久我像是要拂去瞬间冒出的思绪似的拉起梓的手，快步朝停车的方向走去。

再次从寺泊开往间濑，才十几分钟，飘着小雪的天空又放晴了，大海的另一端也变得有点明亮起来。

冬天日本海的天空确实是在一刻不停的剧烈变化当中。

汽车接近间濑的时候，雪停了，但风却更大了。海面掀起很高的波浪，冲向靠近海岸的岩礁上，似乎要将岩礁彻底吞没。

与渐渐放晴的天空“背道而驰”，大海却像发了疯似的。

“能望得见佐渡了！”

听司机这么一说，透过车窗望去，波涛汹涌的大海远处一个小岛隐约可见。

“新潟、寺泊都有船到那儿的。”

“能稍停一会儿吗？”

久我想仔细看看佐渡，对司机要求道。“在白岩那一带停车吧。”司机说着又向前开了几分钟才停下来。

两人再次紧裹大衣下了车。只见眼前是一尊将近二十米高的观音菩萨立像，后面是一片起伏平缓的海滨沙滩。从旁边角落丢弃着的一块冲浪板可以想见，夏天的时候，这里也许因涌来很多的海水浴客而热闹非凡。

“去那有岩石的地方看看吧？”

观音像前是铺着混凝土的广场，广场顶端的岩场前看得见一个小小的神社，位于陡峭石阶上的祭神殿，不知是正在修缮，还是为了遮蔽冬天的海风，四周挂着竹帘子。

两人从通往神社右边的小径攀登，朝岩场的上方进发。

风刮得更紧了，久我拉起梓的手，放进自己的大衣口袋。

那一带因常年刮着来自海上的大风，树木稀少，到处都是矮矮的松树和变成红褐色的枯萎杂草，在寒风中瑟瑟发抖。

“歇一会儿吧。”

在车上看过去并不怎么高，没想到一攀登还真不低，好像有五六十米高的样子。

小道的尽头，四周尽是岩石，只有一棵松树兀自挺立在风中。

“到了这里，才看得更清楚了。”

风还是那样的猛，远处的云层已变薄，西斜的太阳透过云层垂直地将光线射在海面上。

越是接近水平线，云层的裂缝越多，无数条光线落在海里，更衬出佐渡岛黑黝黝的身影。

“来过佐渡吗？”

“没有，你呢？”

“十年前来过一次……”

那个时候，久我是和朋友一起来的，在夜里的宴席上听到“相川音头”，雄壮的曲调中隐藏的哀调，至今没法忘却。

“一起去那边看看怎样？”

“能渡海过去？”

“今天不知道怎么样，平时应该有高速轮船出海的。”

久我一边望着对面浮在海上的黑黝黝的岛屿，一边想象着和梓两个人成为流放者居住在佐渡岛上的情景。

如果说偷情被看作违背人伦的话，那么被流放到荒岛上也是没办法的事。

“一起去了不能回来怎么办？”

“我不要紧。”

比起久我的畏缩，梓的回答十分干脆。

“去那边一看，原来是个很安静的小岛，那里的人们也很和气。”

云层一变厚就下雪珠，云层一散开，风势便加大。

不知道是哪个粗心人将一条深红色的围巾系在了右边的木栅栏上忘了取走，围巾在狂风的吹拂下啪嗒啪嗒地飞舞着。

“能走到对面去吗？”

梓目光所及的前方已没了木栅栏，只有一条小径通往前边突出于海面的岩场。

“那边能去吗？”

久我心里有点忐忑，倒是梓先迈出了脚步。

说是小径，其实不过是稍平坦的岩石而已，而且立刻就断了，前面变得越来越崎岖。

“好吓人啊……”

梓又走了几步，站住脚步朝下看去，久我跟着也朝下看。只见脚下是一层断崖，离水面还有三十米左右。

“请小心。”

久我坐飞机倒没什么，但从高处往下看却是胆战心惊。

特别是下面怒涛翻卷的断崖突出处，就是站着不动也觉得脚下在摇晃。

“回去吧……”

感觉这么站着立刻就会被大海吸走似的，久我先回头往下走了。

慢慢走过岩礁，来到稍微平坦的地方，回头一看，梓还是一个人站在断崖顶端，静静地望着大海的远处。

恍惚间，久我忽然觉得眼前的梓不是这个世界的人，而是从天而降的天女，他不由得倒吸了一口凉气。

断崖顶上，只见梓穿着黑色的大衣，双手插在口袋里，脖子上的围巾在风中被吹得一个劲儿地飞舞。

脚下激起的波浪撞在岩壁上，翻卷起白色的旋涡。部分被岩礁围住，形成水流缓慢的深潭，那里的海水呈现出深灰颜色。只要再往前跨出一步，就立刻会被怒涛激浪所吞没，而梓面对寒风劲吹的大海，看起来却好像是在挑战、在歌唱。

对这巍然挺立的英姿看得出了神的久我甚至忘了呼喊。此时，远处地平线上方的云彩更稀了，从云朵间透出的落日余晖把海面照得通红，站在断崖上的梓沐浴着斜晖，全身呈现出金色的亮光。

“阿梓！”

久我不禁叫出声来，但是那呼声很快就被疾风吞没。于是他又一次呼喊：

“阿梓！”

第二次呼喊之后，梓终于有所察觉。

如同挑战似的面向大海的梓转过身来，然后像是要带走斜阳的余晖一般，慢慢走回来。

久我一定神，发觉自己居然在岩场下面蹲着，便慌忙站起身来，在风声中问道：

“你不怕吗？”

“怕什么？”

“站在那样的地方。”

梓带着依恋不舍的神情，再一次回头望了一眼被染成金黄色的大海，轻吐一句：

“感觉真的太好了。”

“感觉好？”

“觉得自己已和海、风合为一体了。”

久我到底还是没能明白梓的感觉是什么。

“走吧……”

和梓一起朝汽车停着的地方走去时，不知怎的，久我越发觉得梓是来自遥远的大海彼处另一个世界的女人。

从间濑沿着靠海的道路往北走，到达新潟市区的时候已经是傍晚五点多了。

冬季日短，此时已是日暮时分，街上开始亮起了灯。

酒店位于北陆最大的信浓川河畔，从房间望出去，开阔的河面、横跨河面的大桥都已笼罩在薄暮之中。

快到用晚餐的时候了，也许是寒冷的日本海看得过头的缘故，谁也没有想立刻出门的心思。

梓给久我泡好热茶之后，在桌子上打开了旅馆女掌柜送的饭团包裹。

“是特意准备的，吃点吧？”

定心一想，吃完早饭到现在确实什么都没吃过，肚子是有点空了。

久我拿起一个饭团塞进嘴里，饭团里面放着鲑鱼，软乎乎的吃在嘴里有点甜味。

“米好，口味就是不一样。”

久我深有感触地说。梓也一起吃着，感叹地说：“就是冷的也很可口啊。”

想吃的话，还可以继续吃下去，但久我只吃了一个就去洗澡了。

慢慢地将身子浸泡在热水里，直到全身热乎乎了才从浴室出来。此时，外面已经完全被黑夜笼罩。

“到附近找个地方去吃点什么吧？”

夜里没什么固定的地方要去，只打算随性度过这次旅行的最后一夜。

就这样在房间里休息了一会儿，七点钟，两人前往酒店附近的寿司店。

那地方是酒店总服务台的人介绍的，店里没什么顾客，两人在柜台中间位置并排坐下。

隆冬时节，正是鱼贝类肉身紧绷的时候，看上去都十分新鲜。

久我先要了温酒，然后要了将比目鱼、针鱼、青花鱼等盛在一起的拼盘。

“辛苦了。”

用烫热的酒干杯，倒不是为做了什么事，而是打算对坐了半天汽车的自己犒劳一下。

“这次充分领略了冬天的日本海。”

“嗯，非常好看。”

梓使劲地点点头。

“我是第一次看见这样的大海。强悍、粗犷、寂寥……”

“比起漂亮的风景来，还是有点儿恐怖、森然的风景更给人留下深刻的印象。”

“我也忘不了啊。”

梓好像再次想起了冬天的日本海，露出了向往的眼神。看到这个，久我又想起了梓站在断崖顶上的身姿。

披着夕阳的余晖，迎风而立的梓，看上去就像是来自大海的女神。

“那时真担心，会不会就这么被大海吸走了。”

“假如你不呼喊我的话，也许真的就被吸走了。”

说着，梓忽然放低声音说：

“那里现在这个时候也该是黑夜吧……”

“当然啊，一片漆黑。”

“不过，能看见月亮吧。”

确实，从酒店出来的时候还夹着小雪的冷风已停了，一轮下弦月正挂在夜空中。

“月亮一出来，白色的波浪、水平线都能看得清清楚楚吧。”

“我可不想一个人去那种地方。”

“也是啊……”

梓歪着头还在想什么，难道夜里的大海有那么大的魔力？

吃完饭，两个人来到酒店顶层的酒吧，一边眺望城市的夜景，一边喝着鸡尾酒。

和东京不同，这里的灯光很少，点点灯光在寒冷的空气中显得格外清亮，不由得让人产生思念亲人的心情。

梓倚靠在窗边，静静地眺望着夜色中的城市，冷不丁用一种郑重其事的口吻说：

“带我来这么一个美丽的地方，真是谢谢你了。”

忽然受到这样礼节性的致谢，久我不知所措，还有点不好意思。

“能开心就好。”

“我很高兴啊，”说着，梓盯着久我问，“能答应我一件事吗？”

“答应什么？”

“除了我，不能和其他人来这里。”

“所谓这里，是说从昨天到今天吗？”

“是的，就是这个旅程……”

“除了你之外，我不可能和其他人来呀。”

“那就不知道了。”

“好了好了，相信我吧，绝对不会有那样的事，我发誓。”

“那说定咯。”

梓轻轻伸出小指，久我将自己的手指勾住了它。他觉得奇怪，梓为什么会突然说出这种话。

那天夜里，久我轻柔地抱了梓。轻柔这个说法也许有点微妙，有爱抚，也有交合，但最后没有冲向高潮。

明确地说，是因为前一个夜晚过于狂荡的余韵尚有留存，次日可能多喝了几杯，感觉身体有些疲倦。同时，还有那么一点儿因一下子就冲顶而有点可惜的心情。

与其将所有的精力一下子用完，还不如整夜都处于随时能交合的状态。

再说，梓已经有过一次登临欲望峰巅，完成一种圆满的过程了。

久我将自己的肌肤贴着软玉温香般的女人身体，直接进入了梦乡。

不知道过了多长时间，久我在睡眠中做了一个淫亵的梦。

梦见的地方是在突出于海面的岩壁之上，梓全身不着寸缕，仰卧其上。

那是一个离国道有点距离的岩场，很少见到人影，但也并不是说不会有人出现。

在那样的地方，那一丝不挂的样子要是被人看见怎么办？

久我赶紧叫她穿上衣服，梓却说这样子很好，甚至还自言自语地说：“感觉真不错。”

一瞬间，久我觉得自己正在和梓交合，但梓却说和她正在交媾的是太阳光。

久我感觉很奇怪，但仔细一看，从云间射出的一道阳光果真笔直地射入梓的大腿间。

“好舒服……”梓诉说着自己的感觉，流露出的表情十分舒畅。久我心生忌妒，欲遮住那道诡异的光线，没想到那光线反而前后左右倾泻而下，梓情欲更加高涨。

“给我停下……”

久我低声地叫着，奇怪的是，那时他也知道“这只是一个梦”。

于是，他一边想着反正这是在任何时候都可以醒来的梦中发生的事情，不用着什么慌，一边在半梦半醒中继续追逐着梦境。

梓也确实在太阳的侵犯下登上了欲望的巅峰。

面对这样的情形，作为男人，久我觉得自己丧失了自尊，想着无论如何要让梓摆脱太阳的侵扰，但同时又很想看看梓淫荡的样子，无法将视线移开。

就在这种状态下，不知不觉地，久我的欲望也被煽动起来，发觉自己的下身正变得坚挺。

这时，虽然感觉很难为情，但又好像那是别人在兴奋高涨，这样的话很有可能与梓一起进入高潮。

“停下……”

久我又喊了一声，同时摸索自己的腿间，忽然觉得像是触碰到一只暖乎乎的手，耳边传来女人温柔的声音：“醒了？”

久我第一次在梦中听到这样的询问声，他马上明白，那是梓的声音，而且知道她正在抚弄自己的下身。

“怎么回事……”

半是问梓，半是问自己。久我终于清醒过来，知道自己下身那家伙正直直地挺立着。

“因为刚才你睡着了……”

所以，你才抚弄它了？

而且，正因为抚弄，才做了这么一个淫亵的梦？

正在久我羞愧得不知如何是好的时候，梓依偎过来，口里喃喃地说道：“抱我……”

这略带嘶哑的声音更挑起了久我的欲望，这欲望变成了炽热的光团进入了梓的身体。

或许是半夜里一次激烈的颠鸾倒凤，第二天两人醒来，一看床头柜上的时钟，已是上午十点钟了。

梓先起床，觉察到梓的动静后久我也醒了。梓掀开一条窗帘缝，低低叫道：“又下雪了！”

久我闻声赶紧看窗外，只见大朵的雪花轻轻飘舞，缓缓落在通海的河面上。

从远处看去，这雪似乎下得很大，但落在桥上、路上的雪花立刻就融化了，好像这雪很难积起来。

久我起床后，等梓洗漱完了，淋浴剃须。

虽然已近十一点，但也并不怎么着急。久我今天没有特别安排的事，梓也说只要三点前能回到东京就可以了。

两人把离店的准备工作做完，先在一楼餐厅，将早饭和午饭合在一起吃完以后，刚过正午就离开了酒店。

新干线的发车时间是十二点半，坐这趟车，三点之前就能到达东京站。

从酒店睡醒到坐上列车，两个人就这么散漫地打发着时光，时而交谈，时而说笑，时而又默默无语，但并没有特别的欢闹或闷闷不乐。

久我感觉莫名的焦灼不安，是在列车开动，并越来越靠近大雪纷飞的越后汤泽站之后。

接着，列车就要穿过长长的隧道，驰上阳光灿烂的关东平原。

这么一想，立刻就有了分手即将来临的感觉，与此同时，依恋不舍的心情也愈发强烈起来。

梓好像也是一样，她望着窗外，嘴里喃喃地说："马上就要和雪告别了。"

两人一起度过的三天里，雪几乎没有停歇过。现在似乎也快要和它诀别了。

"有机会再来吧。"

久我邀请说。梓微微点点头。

见梓的这一回应有点心中无底的样子，久我便毅然决然地试探问道："回去之后就去医院吧？"

"嗯……"

听着梓低弱的回答，久我又思考起以后的事来。

一回到东京，梓就得再次住院，接受手术。

那是这三天时间里，不仅压在梓的心头，也是压在久我心里的一块沉重的石头。彼此都不去触及它，是因为它已然成了两人心里的一块疙瘩。

所以，一问及以后的事，就难以明确地加以回答。

尽管知道这个情况，但久我还是想事先问清楚。

"什么时候手术？"

"还不能明确地说……"

“那就可能是下个月吧。”

见梓不答话，只是望着窗外不停下着的雪，久我低声说：“做了手术，出院以后，再来这里吧……”

梓是想对着他点头，还是只不过将视线从窗外转移到正面来？

总之，久我以为她的表情正要出现些微的变化时，伴随着轰隆声，列车进入了隧道。

久我不由得伸出手来，握住梓的手。

来的时候，久我的右手潜入盖在梓的膝盖上的盖毯触摸了她的腿间。

而现在，已没了那时调情的心情。

现在想的就是互相紧紧地握住手，留住这宝贵的一刻。

梓想的似乎也一样，只是静静地用力握在一起。

长长的隧道在延伸，两人相顾无言。

就这样默默地，任由轰鸣声在耳边响着。忽然，车厢里亮了起来，窗外可以看见山谷的村落了。

越过一个很大的山脉后，雪势好像减小了一些。

又穿过两个这样的山脉，从最后一条隧道里出来后，视野一下子开阔起来，窗外已是一片阳光照耀下的原野了。

现在，列车终于从日本海一侧开到了太平洋一侧，从大雪纷飞的越后进入了气候特别干燥的关东平原。

而且，这也意味着短暂的两人之行已接近尾声。

一进入平坦的关东大地，列车的速度似乎更快了。

再过一会儿就要分手了。这样一想，更觉得时间短暂。而这时间的流逝速度之快，使得彼此都不知道说什么才好，两人只是默默地坐着看着前方。

心里想着得说些什么才好，可是结果也没想出什么来。就这样，列车在继续飞驰，很快就过了上野，到了东京。

长长的站台站满了人，暂时忘却的拥挤的东京又回到眼前。

“怎么样，走吧？”

久我故意做出轻松的样子，穿上大衣，从行李架上取下梓的行李包。

“没问题吧？”

久我漫不经心地问道。梓点点头，小声低语：“谢谢……”

就这样，两人并排走向站台，下了电梯，走出了新干线的检票口。

“我在丸之内坐出租，送你一程吧？”

“不用，我一个人回家。”

“是同一个方向啊。”

“还是电车快……”

梓在山手线电车站台的楼梯口停下脚步，回头望着久我。久我也回应着她，然后静静地伸出右手。

“好吧，注意保重……”

两人身边都是行色匆匆的来往行人，久我不顾一切地握住梓的手。

“去吧。”

“我非常愉快。”

就这样互相凝视着对方，然后是梓先轻轻地放开了手。

对着就要离去的梓，久我又说了一声：“记得要去医院！”

循声回望的梓轻轻点了点头。

“早点手术，好早点恢复啊。”

梓扬着显得有点苍白的脸再一次点了一下头，接着，像是下了什么决心似的一转身，快步离开了。

望着梓的背影，久我慢慢地迈开步子，心里忽然生出一种两人的幸福之梦正如同昙花一现般消失的虚无感。

第八章

冬　瑟

不知什么缘故，总觉得二月是个让人心神不宁的月份。有人说，那是因为二月与其他月份比起来，少了那么两三天，是不是这个原因呢？

仔细想来，许多人在新年一月的休息放松后，又在盘算新的一年的工作学习，并准备付诸行动，但新的行动在一月份往往还没什么起色。进入二月后，心情便焦灼起来，感觉再不行动不行了。

而现实情况也是这样。时近年度结束，公司、企业忙于年度决算、总结；就个人而言，入学、就业、跳槽等等，各种各样的杂事也一齐涌来。

再加上气候原因，表面上看还在冬季，但实际上春季已在蠢蠢欲动。有时候以为要下雪了，却迎来一个恍如已进入春季的阳光明媚的天气。总之，这个月份的天气是很不稳定的。

实际上，用来表示二月的“如月”的意思是“更生”，指的是草木更新的意思。

总之，二月是冬季向春季过渡的胎动期，季节的骚动也许更加剧了人的心绪不安。

这个月，久我的心情也是说不清的不安稳，一点也定不下来。

简单地说，一是一直连载他文章的月刊杂志截稿时间比上个月要提前三天，此外，这个月又多出了很少见的座谈会和演讲的事；二是住在静冈的哥哥病倒了，刚去看望他没几天，又听闻以前一直关系很好的友人故世的消息。

这个月还真是亲身体验“季节变换的节骨眼也是人事变化的时节”的月份。

在这忐忑不安的心绪中，久我脑子里经常盘旋的，当然就是梓的病情了。

一月底，从雪国越后回来之后，曾经打过几次电话给梓。

因为已听说不久就要再次住院接受手术，所以希望在这之前能再见一面。

但是，几次电话都没打通。

早晨和晚上经常是设置了留言电话，无法直接打通；白天打去的时候也只是传来“暂时无法接通”的声音。

或许是快要住院，心情有点慌乱吧？

久我这么想着，便给梓在电话里留了言。

“最近怎么样？现在我还是会经常想起在雪国越后的情形，真让人怀念不已。手术的事到底怎么样了？希望在这之前能碰一次面，或者先让我听听你的声音吧。”

对着电话说了这些话，但结果什么回音也没有。

梓现在究竟在干什么呢？再怎么慌乱，回个电话过来总还是可以吧。过去也有类似这样的焦虑不安，但这次因为梓面临着一个大手术，所以比以前更加挂心。

也许从越后回来之后，觉得还是尽快做手术的好，所以现在已经住在医院里了？

可以理解这样的心情，但正因为如此，来一个电话也可以倾诉倾诉呀。

久我胡思乱想着，一边又忙于应付日常各种事务，时间就这样一天一天地过去，转眼就到了二月底。

过去有过一个星期不通电话的情况，但这么长时间不联系可是第一次。

事情到了这个地步，肯定不正常。难道梓出了什么事情？

如果是这样，最后一个办法就只能是直接打电话到梓的家里了。

今天再等一天，如果再没有音信，明天无论如何打电话到她家里去。

做出这个决定之后，久我屏息等待着。好像彼此的心思相通似的，那天下午梓打来了电话。

一开始"喂喂"喊了几声，却没有回音，以为是别人打错了电话，正想不耐烦地挂掉时，传来了梓的声音。

"对不起，是我。"

"你怎么回事啊？"

久我为掩饰自己的慌乱情绪，干咳了几下。

"你该知道我已打了好几次电话了。"

……

"你一直在干什么呢，去医院了吗？"

"嗯……"

对着梓含糊其词的回答，久我提高了声音问：

"已经住院了吗？手术怎么样了？"

"其实，我不想做手术了……"

"到现在你还讲这样的话。"

见梓一下子没了声音，久我放软了口气：

“不做手术，那怎么办？”

“我在想，用其他的办法是否能治好。”

“有更好的办法吗？”

“所以我在到处寻找啊。”

“哪里？”

“听说在伊豆、枥木那边有治这病的办法。”

“去那样的地方，做什么呢？”

“寻觅各种各样的药，祈祷神灵保佑……”

“这样，病情有所好转了？”

“我也不太清楚……”

原来梓在外地奔波，寻求久我并不明白的民间疗法。

“这些东西是没用的。”

“但除此以外也没其他办法了呀。”

确实，民间流传的一些药品和食品，似乎对某些疾病会有治疗效果，但是梓的病已经超出了这个范围，发展到除了手术之外已无其他治疗办法的地步。

村木医生这么说过，梓的主治医生应该也是这么一个意见。

那为什么到现在这个时候了，梓还在执着于那些治疗方法呢？

“此前分手的时候不是说了务必去医院接受手术吗？”

……

“总之，越快越好啊。”

“但是，做了手术后眼睛……”

这次手术是要摘除左眼，然后再装入假眼。这个久我也已经知道了，但梓好像还不太能接受这个结果。

“不要太在乎这些……”

想象一下装了假眼的梓的面容是可怕的，但正因为这样，他对梓的爱才没有一丁点的改变。

“你这样胆怯可不好，勇敢点啊。”

“我这一个月来，可真的在坚持啊！”

“但你做那些事有什么用呢？”

“不对。我服药、祈祷的那些日子，是在避免听到你的声音……”

“避免听到声音？”

“我在许愿。据说只要坚持忍着不去想自己最想得到的东西，病说不定就会好的。”

“那……”

这对久我来说可能有点不可思议，但对梓来说却得凭着坚强的毅力才能做到。

“只是最后还是没什么效果，所以今天终于打电话给你了……”

“因为没什么用，所以死心了，是吧？”

“我再也无法忍受下去了……”

难道梓一直不打电话，是为治好病在许愿？

万万没想到她在做那样的事。可以肯定的是，这一个月以来，她并没有把自己忘掉。

“知道了，我知道了啊。不过你还是别再做那些傻事，尽快接受手术比较好啊。”

照村木的说法，这种肿瘤是恶性的，拖着时间不解决会送命的。

“一直拖延下去可不行啊。”

“也许我已经不行了。”

“你在瞎说什么啊，没事的！拿点勇气出来！”

再次默不作声，久我不禁对着话筒喊了起来：“阿梓，阿梓……”

喊了两声，梓终于回话：“在……”

“我想见你，见了慢慢说吧，现在就见怎样？”

……

“不能吗？只要一点点时间，碰一下头就可以。”

“对不起，现在不能碰面。”

“为什么？”

“我已经很消瘦了，今天也休息了。”

“你在哪？”

“现在在家，早晨起来有点儿头晕，不能出门。”

从越后回来的时候还很好的，这一个月来，梓的病情发展得那么快？

“不行啊，你得赶快去医院好好治疗！”

“我知道了。”

“在这之前，我务必要见你一次。”

久我再次要求道。短暂的沉默之后，梓说：“我现在不能出门，给你写信吧。”

“什么时候？”

“今天或者明天，我想稍微休息一下就能写。”

难道梓的病情，已经发展到写一封信也很辛苦的地步了？已被说得心神不宁的久我，只能无奈地答应了。

“那我等着你的来信，一定要给我哦。”

“嗯……”

觉察到梓答话后就想挂电话，久我赶紧问道：“那以后还能接电话吗？”

“我已经对许愿这事不抱什么希望了，所以还是决定接了。不过也不能老是打吧。”

“那你不接电话也可以，我只要把声音留下来，你听就是了。”

“我一直在听啊。”

“我明白了……”

久我点着头，然后把话筒拿到嘴边低声说道：“好喜欢你，我爱你。”

没有清晰的回答，但感觉梓好像在微笑。终于有了点儿开朗的感觉，久我稍感安心，他轻轻地放下了话筒。

从第二天起，久我便开始盼望梓的来信。

如果那天电话之后立刻写信的话，在同一个城市，第二天或者第三天就应该能收到了。可从电话里感觉，那天梓是相当虚弱，所以可能会过两三天写吧。

不管怎么说，收到梓写来的信已经是很久以前的事了。

过去，刚认识不久，久我调到纽约工作那会儿，曾经接到过梓的好几封信。

当然久我也回信了，从那时到现在已经相隔了二十几年。

同那时候相比，现在的关系要亲密得多，但彼此却不互相通信了。那是因为一方面大家都居住在同一个城市，另一方面还有了移动电话这种方便的通信工具。

仰赖这种方便，互相不再写信了。但仔细想来，信笺总有那种让人心动的浪漫感觉。

梓究竟会给自己写来怎样的一封信呢？

当然，现在对于梓来说，面临的最大问题是疾病，所以说不定会写这些事情寄过来。总之，时隔多年，这次应该又可以看到梓的清秀笔迹了。

久我充满期待地等了两天、三天，信还是没来。

是不是身体还很虚弱？直到第四天，心怀忧虑的久我，差不多想要再次拿起电话拨过去的时候，梓的来信终于到了。

发信人的位置确实写着姓名加纳梓，却没有写地址，而且，是一封封缄的信，却又是一个有点儿大的纸袋。

里面装了什么东西？久我好奇地拆开纸袋，只见纸袋里还有一个小包。小包里掉出一方宽二十厘米、长三四十厘米的布块。

久我拿在手里，觉得十分眼熟，他立刻想起，那是去越后旅行的时候，梓在"丝绸纪念馆"织成的盐泽绸!

布料还是原来的样子，淡绿色的底子上交叉织着橙色的纬线，色彩反差鲜明，有着盐泽绸独特的光泽。

自己辛苦织就的布块，为什么在这个时候寄过来？

带着疑惑，拆开和布块放在一起的信封，里面是一页日本纸风格的便笺，只见上面写着：

雅人启

以前的事，谢谢你了。

曾经顽固地逃离你的声息，心里却一直在期待你的话音，现在，这个愿望终于如愿以偿。

但与此同时，我一直祈祝的心愿也就此灰飞烟灭。

你要我接到你的电话后，立刻去医院做手术，这个我十分明白。

我自己也知道这样做是最好的选择，但我做不到。

或许你会笑我，但我毕竟是个女人，表面上虽然装得很老实的样子，其实骨子里是个连自己都感觉吃惊的顽固、好胜，并且有点讨人嫌的女人。

渴望见你的心情，是多么强烈，但是现在没法见你。

你是一个温和的人，所以也许你会理解我，但其实我是不想让你见到现在的我。

替而代之，送你这块布料。

细细一想，冬天去越后的那段时光，对我来说是最后的快乐幸福的时光。也许有点强加于人，总之，作为那次旅行的回忆，希望你将这块布料永远放在自己身边。

接下来我就去医院了。

最后会是什么样的结果，我不知道，只是希望你千万不要忘记我纺织这块布料时的情景。

在那之前的我，是真正的我；从今以后的我，已不再是我。

但不管怎么样，我永远不会忘记你。

保重。谢谢你给了我太多太多的爱。

梓

信的开头和末尾都没有写彼此的姓，而只有名：雅人，梓。

这是不是意味着梓已经和她丈夫的姓没了关系，精神上已经是独立的人了？

久我再次读着梓的来信，不禁思忖起来。

从文字表面上来看，似乎是在对一个月失去音信，不能见面进行解释。

在那段时间，梓好像一直在各地奔走，寻觅各种民间疗法，还向祈祷师求救，希望能找到不用手术可以治好眼病的方法。

同时，祈愿不见自己喜欢的人，一心治病，以求痊愈。

然而遗憾的是，这样的努力没有得到回报。

仔细想来，这几个月来，梓就像溺水者抓救命稻草似的，一边在寻求医院外的治疗方法，一面又在担心这样做是不是会耽误病情，就这么在焦虑不安中过着日子。

而在前几天电话里交谈的时候，她已对那些治疗方法失去信心，决心去医院治疗了。

这么看来，那段时间的空白，应该说也是有意义的。

尽管那样，但还有一件事让人难以理解，在那以后，她还是继续不愿和久我见面。

关于这个理由，梓是这样写的:“我毕竟是一个女人。”还说:“你是一个温和的人，所以也许你会理解我。但其实我是不想让你见到现在的我。”

明白地说，现在的梓已衰弱到怎样的程度，久我根本没法估计。

一月底两人去越后的时候，梓已经十分消瘦了，难道现在的身体比那时更瘦，连出门都不行了吗?

确实，不想让别人看见自己那个样子的心情也是可以理解的，但是久我喜欢的并不仅仅是梓的姿态和外形。

此时，久我真想直接见到梓，互相确认彼此的爱，给她以鼓励。

并且再一次紧紧地抱住她，交换炽热的吻。

不管梓怎么消瘦，怎么衰弱，久我爱的是梓这个人。

虽然并不在意外形的变化，但还是因为这个而不想见面，这是女人独有的心思吗?

反正，不管怎么说，她本人不想见，那就不见吧。

现在这个时候，也只能等梓做完手术出院后再说了。

重新念着梓的来信，久我暂时也能接受了，只是还有一个疑问，那就是随信一起寄来的那块盐泽布料。

梓在信中说，那上面有着越后的回忆，希望留在身边。为什么要这个时候寄来呢?

当然，那是留着他们俩旅行记忆的物品，放在久我身边也并不奇怪。但那是梓纺织的布料，应该由她留着才更自然。

现在反而寄过来，是不是因为面临着一个大手术，怕万一有个意外而感到不安呢？

不管怎么说，梓现在愿意接受手术，这是一件高兴的事，也可以让人稍感安心。

但从字面上来看，梓对手术似乎是抱着悲观的态度。既担心手术是否能治好这个病，又对装入假眼怀有恐惧感。

诚然，对于女人来说，失去一只眼睛是个严重的问题，但脸相并不会因此而遭到破坏。当然，只留下一只眼睛的视力，对本人来说也许是不方便了，但对旁人如何看待，其实根本不用那么在乎的。

至少，对于久我自己来说，不管装不装假眼，对梓的爱并没有丝毫的改变。

信中还写着："从今以后的我，已不再是我。"但对于久我来说，梓做手术也好，不做手术也好，没有任何关系。

梓永远是梓。

久我的这些想法，梓是不是真正明白呢？

总之，好想见到梓。

让人受不了的是，这信越读，想见梓的念头就越厉害。

特别是最后一句，"谢谢你给了我太多太多的爱"，让久我既心疼又难过。

读第一遍的时候是这样，读第二遍、第三遍的时候，久我的眼角更是一阵阵发热。

确实，直到现在，对于梓自己是倾注了应有的爱，而且一点也没有就此结束的想法。

非但如此，甚至还想着以后两人将会有更充裕的单独相处的时间。

为什么在这样的时刻，要写下好像两人的关系已经结束的话来？

信的最后，希望她写的，不是“谢谢你给了我太多太多的爱”，而是“请给我更多更多的爱”。

各种各样的想法在脑子里盘旋着，一不留神，发觉自己的两眼已沁出了泪水。

都不知道自己是在什么时候溢出泪水的。

就这样，一个大男人独自任泪水流淌。

久我忽然觉得有点难为情，到卫生间将毛巾浸了冷水敷在双眼上。

反复敷了两次，觉得有点好转了，便又来到起居室，拿起放在桌子上的盐泽布料看了起来。

绿色的经线上交叉织着橙色的纬线，色彩鲜艳，又有着盐泽绸独特的光泽。

把它放在哪里好呢？

因为是有纪念意义的珍贵布料，理应收藏起来，但眼下还是希望放在能看到的地方。

久我把它展开，想着是不是可以用作桌布，但又怕被香烟灰什么的烫坏。他环顾房间四周，正犹豫着不知放哪里好的时候，忽然注意到了装饰柜中间的那个搁架，那里放着一个白瓷的香炉，压在底下的是一块金线薄绸，换下它怎么样呢？

于是将搁架上的那块垫布拿掉，铺上盐泽绸的布料，再放上香炉。

绿色和橙色的花纹虽然感觉不怎么协调，但放在白瓷香炉下，反而将香炉映衬了出来，周围也一下子明亮起来。

这儿是梓用花装饰过几次的地方。去年夏天，曾在莲叶上配了一朵蝴蝶兰，那时用的平钵也是白瓷的。另外还制作了好多种插花，所以在久我的房间里，梓在那里留下的记忆是最强烈的。

将梓纺织的布料放在那个位置是最合适的。

一边这么想着，一边重新端详，果真觉得那个角落正洋溢着梓的气息。

“这样很好。”

布料有了最合适的归宿，而搁架香炉也有了最相配的布垫。久我对此感觉很满足，他不由得再次将视线移到了梓的信上。

一般总认为，季节是在慢慢轮转的，但实际情况并不尽是这样。

比如春天的来临，从二月到三月，春意并不是渐渐浓郁起来的，而是像突然想起来似的，在三月的某一天忽然阳光明媚、春意盎然。

对于这种突然的气候变化，人们往往半是惊讶，半是兴高采烈地在寒暄中表露心情：

“这春天来得可真快。”

正像这句话所表达的那样，季节是在某一天，如同将先前一直积蓄的能量一下子爆发出来似的，突然跨出一大步行进的。这种变化方式与其说是斜坡式的，倒不如说更接近台阶式，跨出一大步后稍微歇息一下，接着又跨出一大步，再稍微歇息一下。

久我与村木会面的那天也是这样一个盎然春意探出一步的和煦明媚的日子。

这次照旧是久我打电话邀请村木碰面。

“怎么样，有时间吗？”

久我在电话里问道。“可以啊。”村木答应得很爽快。

地点还是在银座，但今夜稍微换了一下花样，定在靠近新桥一条小路里的天妇罗店。那是一家柜台只有七八个席位的小店，总看见店掌柜皱着眉头一个人在油炸食品。

按照约定的时间，久我六点半就在那儿等着了，过了十分钟，村木也来了。

虽然去年年底的时候，久我和村木通过一次长长的电话，但这次碰面却是相隔了半年之久。

一开始彼此简单地说说对方的近况，待问到想喝什么酒时，村木要了白葡萄酒："最近对葡萄酒是有点着迷呢。"

当然享用天妇罗白葡萄酒也很合适，特别是像今天晚上这样春意融融、略有暖意的天气，凉凉的葡萄酒是很醒神爽口的。

"店里葡萄酒品种不怎么齐全。"店掌柜说。于是从中挑选了一个口味较重的布尔戈涅葡萄酒，轻轻碰了杯。

"怎么样，最近还是忙得很？"

"就那样吧，怎么说呢……"

明白地说，现在的久我是说忙不忙、说空不空、恰到好处的样子。这种状态最近几年几乎没什么改变。

"到底还是你日子过得悠闲啊。"

在村木的想象中，自由职业似乎总缺少一点变化。确实，连久我自己也觉得生活是有点过于乏味了。

"行情下跌，哪里有什么安稳啊。"

久我带点自嘲的口吻说，村木听了安慰道："不管怎么说，能一直这么过，不错啦。"

工作上的事多少有点平凡无奇，但爱情上的事却变化甚大。别说是变化，简直就是波澜万丈。只是现在还没到说这些的时候。

"到了这个年龄，相互之间的加油鼓劲十分重要。"村木像是自言自语地说道，然后夹了一筷天妇罗。

先是油炸虾，接着上了白鱼、款冬的花茎。

“到底是春天了啊。”

村木仔细瞧着夹在筷子上的款冬花茎说，接着像是想起了什么似的问道：“对了，她最近怎么样？”

突然被这么一问，久我没转过弯来，听村木接着说“就是那个眼睛不好的人”时，他才轻轻地点点头：“其实已经住院了。”

“现在？”村木露出诧异的神色回看了久我一眼，“不是说在一月初就做手术吗？”

“是的，拖延了一点时间。”

店掌柜又炸好了八角金盘嫩芽和莲藕。村木一边斜眼看着这些食品，一边问道：“为什么不早点做？”

“还是怕万一做了手术要装假眼，所以到处寻找民间的各种治疗方法。”

“胡闹！胡闹！”村木左右晃着拿着筷子的手，“那些都没什么效果，是吧？”

“好像是没什么效果。”

“这病不能这么磨磨蹭蹭的，我不是早就说过了？”

“当然，我也和她说了，可是……”

对做手术犹豫不决，梓也有她自己的道理，但现在把这些和做医生的村木解释，他显然无法理解。

“对了，有一件事想问一下，装了假眼后，会和常人有什么不同？”

“没什么不同，就是那边的眼球不会动了。”

对于这个，久我也是有思想准备的。

“我们偶尔也会遇见装假眼的人，是吧？正常人的眼球是转动的，而假眼的眼球是不动的，所以在互相面对的时候，会出现视线无法重合，或者以为在看别处的现象。”

“就这些吗？”

“当然，由于少了一边的视觉，看东西就没了立体感，还有就是眼睛容易疲劳。”

“还有，脸部的外貌和创痕……”

“因为视线无法重合，脸部表情也许会有点变化。也会多少留下创痕，但这些是无法避免的。”村木像是有点生气似的一口喝尽了杯中的葡萄酒说道，“那女人还在为这些优柔寡断拿不定主意？”

“不，应该是就要手术了。”

“但现在已经是三月份了呀，不要紧吗？”

“什么不要紧？”

“我是问现在做手术是不是太晚了，知道复发可是去年年底的事吧？”

久我点点头。村木轻轻地摇了摇头：“那是真误事，真误事啊。医生怎么说了？”

“还刚刚住院，后来怎样还没问……”

“麻烦大了……”

对着手里拿着酒杯陷入沉思的村木，久我悄悄地问：“你说的麻烦大了，是什么意思？”

“肿瘤扩散到内部，也许就没指望了呀。”

“没指望？”

“就是说没命了！”

村木脸上露出如此严峻的神色，还是第一次。

久我将视线从村木表情沉重的脸上移开，又想起几天前梓的来信中所写的内容。

第九章

春　愁

有个词叫“春愁”。

如同字面所表达的那样，是对春天来临时所怀有的悲戚和愁绪。

从文字上来看，确实是这么回事，但仔细推敲一下，却也有点奇怪的感觉。

为什么？因为在自然界，随着春天的来临，植物孕蕾、开花，漫山遍野都披上了新绿，小鸟也在欢快地歌唱。像是合着大自然的节拍似的，人世间的事也开始了新的年度，年轻人入学、就业，朝着辉煌的未来迈出了第一步。

所以说，春天是天地万物、一切生灵跃动的时期，同时也是恋爱的季节。

在这所有生灵开始新的萌动的时候，唯有“斯人独憔悴”，如何理解？

所以，在“春”这个词后加上“愁”这样的意境，是不是多少有点不合时宜？

历史上不知是谁有了这样的思绪，带来的结果是，“春”和“愁”恰到好处地融合在了一起，并作为季节的语言流传了下来。

比如关于春愁，季语的解释是这样的：“是春的思虑、忧愁、哀愁。也用于表达欢乐之极、哀伤亦深的感觉。”

确实，重新反思一下春的感觉，除了高兴的心情外，还有精神倦怠、浑身乏力的感觉。

为什么会产生这种二律背反的矛盾性感觉呢？

考虑这个问题时，首先想到的就是春天的气候。

进入三月后，气温不断上升，阳光也变得日益强烈。空气总有一种湿湿的感觉，早已没了隆冬时节的清澄感。这种春季独有的蒙了一层雾霭的天空，和山野里到处弥漫的生机，反而使人们的情绪消沉、压抑。

实际上，每年春天来临时，久我的身体状况都会出现相应的变化，久我总要为生物节律放慢的问题所困扰。

一方面，他为好不容易到了春暖花开的季节，不能乘着大好春光振奋起来而苦恼；另一方面，他又想着还是顺着这季节的变化，姑且遁身于雾霭之中吧。

引起这种消极情绪的原因之一，可以确定是人受到自然界活力的压制。

春天是植物冒芽儿的时节，漫山遍野密集生长的树木和花草一齐蠢蠢欲动。这种自然界的勃勃生机影响到人，使人的身体节奏产生紊乱。

尽管人是万物之灵，但在春天的空气中充满了植物萌动的生命力，面对这个势头，人只能退缩、避让。

实际上，一到春天，身体状况出问题的人不在少数。这个季节，造成体力衰弱的老人和病人去世的也并不鲜见。即使不至于到这个地步，有很多人也是感觉精神倦怠、失去做事的干劲。

难道这可以说，在春的背后有什么魔鬼在作祟？

但就算是那样，春天的愁绪还是自然地和秋天的愁闷有所不同。

尽管都少不了难以言说的忧闷和孤寂，但春愁还不至于让人绝望。至少，从秋天的孤寂感来看，春愁多少还有点回旋的余地，在这当中也有着玩味愁绪的情绪在里边。

这从与春愁有关的各种季语中就可以察知。

比如从“春愁”到“春思”“春怨”“春恨”等，可以想出好几个词语来，但都停留在怨恨、悲哀的程度上，结局都止步于心情的宣泄、再无迈进一步的力量。

还有，“春恨”“春怨”多用于女人的闺怨，用来抱怨男人的薄情，就此也可知是香艳的，可以窥见其内在的娇柔风情。

当然，春愁还没达到这个深度，仅仅是表达了一种暧昧的春的愁绪。用易于理解的话，也许是表达了这样的心情：“这说不出很明确的理由。外面阳光明媚、春意盎然，但就是提不起精神来，一个人不知为什么感觉郁闷难受。”

久我现在正陷入春愁中，表面依然如故，内心却早已被春之愁绪所攫获。

有一首用上了“春愁”一词的俳句，是久我喜欢的。

“春愁沁人心，且任书架乱。”

这首俳句的作者渡边千枝子久我并不熟悉，但俳句渲染的气氛却恰如其分地表达了久我现在的心情。

现在，久我精神倦怠，什么事情都不想做。

话是这么说，但定下的工作还在相应地进行着，说得实在点，是接近于单纯为了完成任务的感觉。虽然心里想着这样可不行，但就是提不起兴趣来。

工作就是这么个状态，所以书桌上也是乱糟糟的随它不管。

当然，帮忙做事的女佣还是每天来收拾打扫，前几天还带来一枝梅花插在小花瓶里，书房里也就那个角落看上去有点生气，其余的地方都没整理，任其凌乱不堪。

虽然想着这样下去可不行，得稍微整理一下，但又实在不想动手，就这样在乱糟糟的环境中漫不经心地过着日子。

这种消极的心情，肯定是受到春天活力压制的缘故，但今年又全不尽然。其中一个无法开怀的原因，显然就是梓的病情，像一块沉重的石头压在心里。总之，春天的生机和梓住院这两样愁绪攫住了久我的心，因而情绪比往年更加低落。

说起梓，自从把信寄给了久我之后，好像是住院了。

之所以用“好像”这个含糊的说法，是因为此后打梓的移动电话时再没任何应答了。

住院以后就不能使用移动电话了？这么一想，久我就决定单向和她说话，每天一次只输入语音。

“还好吗？加油。我每天在为你的康复祈祷。”就这么简单地说上几句，到最后便央求道，“可以的话让我听听你的声音吧。”但是，梓那边一点返回的音信也没有。

是不是因为手术前的检查等忙得没时间回，还是手术已经结束了？不管怎么样，应该是听到了给她电话的留言。

久我转而又一想：“没有回信应该是没什么变化了。”所以还是继续发语音留言。

就这么反反复复地过了十天，三月中旬，久我赴大阪出差。

因为正好大阪的一家报社邀请他去做一个演讲，下午就结束了，所以当天晚上便借宿在京都的一家酒店。

虽说已到了春天，但毕竟刚过三月中旬，要说春花，也就是北野天满宫的梅花了。

因为天气十分晴朗，便想着是不是去赏一下花。但正要去时又改变了主意，觉得大概也没什么大的变化吧，便拐入了赏花小径边上那家熟悉的酒吧。

酒吧开着格子门，一进入里面，就听见老板娘的招呼声："呀，好久没来啊，一个人吗？"

显然是想起了去年秋天和梓一起的情形。

那时是在赏了映照在大觉寺水池里的月亮之后，觉得回去早了点，便和梓两个人顺便进来坐坐的。

"您还好吧？"

听了老板娘的问候，久我点点头，答道："嗯，怎么说呢？"

连自己都觉得是个笨拙的回答，但转而一想，只能这么回答，大概也是到了春天的缘故。

就这么有一搭没一搭地和老板娘说着不着边际的话，过了一个小时左右，带着三分酒醉，久我拦了一辆出租车回了酒店。

他想脱了衣服先洗个澡，但又觉得麻烦，便决定不洗澡了，换了浴衣，直接上床休息。

钻进被窝前，不知怎么，忽然想到梓会不会有电话来，便看了一眼移动电话。屏幕上显示"有留言"。

该是工作上的什么事吧，也不抱什么期待，便打开了留言功能。间隔了很短一段时间，突然传出一声女音：

"对不起……"

那声低低的语音听上去有点慌乱，好像被什么急事催着似的，但确实是梓的声音。

久我不由得将电话贴近耳朵，想再重新听一遍。但一阵短暂的沉默后，能听见的只有这么一句，接着立刻就断了。

她在道歉什么？为什么只在今天夜里突然之间来这么一个电话？

带着疑惑，久我拨打梓的电话，但没有回音："你拨打的电话已关机，或不在服务区，无法接通。"传来的只是这循环反复的单调声音。

"怎么回事……"

久我自言自语着，后悔刚才没带移动电话出门。

接收的时间是十点，所以那个时候接听的话，应该可以和梓直接通话的。

写了信之后什么时候住的医院，那要紧的手术结束了吧？还有，手术后是怎样的情况？什么时候出院的？眼睛的情况又怎么样？什么时候可以见面？

好想尽快知道这一切，也好想尽情地倾诉自己的思念。

但是，为什么梓不接电话呢？

没办法，久我放弃了等待，为便于随时接听，他将移动电话放在了床头柜上后便入睡了。

那天夜里，久我梦见了梓。

也许是时隔好久在电话里听见了梓的声音的缘故，梦中能清晰地看见梓的面容，这是很少见的。

地点好像是在久我的房间里。仔细观察，窗边还积着雪。

久我一边想着东京怎么会有这样大的雪，一边和梓说着话："虽然做了手术，但看上去一点都没变化。""和过去一样，眼睛也能自如地转动。""已经没什么问题了，下次再一起去旅行吧……"

想诉说的话有许许多多，但不知道怎么回事，两个人之间的陌生人来来往往，无法好好说话，梓只是微笑着站在对面。

久我一着急就想去拉梓的手，但梓却一转身，自顾自上了楼梯。

地方好像是在久我的房间却又下着雪，旁边还有陌生人，前面看得见楼梯。那场景总觉得不合常理。

虽然觉得梦本来就是那个样子，但这个梦留下的却尽是孤寂的感觉。

在那种寂冷和清醒的感觉中，久我还想回味刚才的梦境，但梦中的一切迅速淡去，唯有梓微笑的面容还淡淡地留在脑海里。

那梦究竟是怎么回事呢？带着疑惑，久我又试着拨打梓的移动电话。

这次一定能拨通吧！但结果还是和昨天夜里一样，传来的只有那机械呆板的女声："无法接通。"

"真奇怪……"

久我越来越无法明白，但有一点是肯定的，那就是梓是在听到了给她的留言后才打来电话的。

就这一点还算有点安慰。久我又听了一遍梓让人挂念的声音，便再次进入了梦乡。

第二天回到东京，但久我仍然沉浸在春愁当中。

因为听到了梓的声音，久我稍微有点安心了，但心情还是没有根本好转。

已到了赏梅的时节，而在九州那边，樱花已经开始绽放，樱花锋线今年比往年好像要提前四五天。

这样的消息每天充斥着电视和报纸版面，但久我还是无法摆脱春愁，书房也任由其杂乱无章。

现在他再也不想说“被春天的勃勃生机压制着”之类的矫情话了。

很显然，他的愁绪难以消解，最大的原因在于与梓失去联系。

确实，在京都是听到了一次她的声音，但也仅此而已，以后还是没和梓取得联系。

不管怎么说，打过一次电话，总应该还会有第二次电话吧。

在这样的期待中，又过了五天时间。

梓现在究竟在干什么呢？在焦灼中到了第六天，久我下定决心，准备给梓的家里挂电话。

打了几次移动电话，都没有回音，打到她家里去也是不得已的事，打过去也不过是询问一下手术后的情况。久我一边给自己找理由，一边拨打梓家里的电话，但光有铃声没有人接听。

如果梓已经出院回家，应该是能接电话的，现在没人接电话，难道还没出院吗？还是早就出院了，现在正外出，不在家？

要是那样的话，也应该会联系我呀。

久我放下电话，接着又拨打移动电话，但还是没人接。

想尽各种办法都无法联络，久我不由得一个人发起了怨言。

“人家这么担心，为什么连电话也不来一个？”

嘟嘟囔囔着不由得生起气来，最后甩出一句：“算了，就算我不知道，随便你吧。”

对着电话大声叫喊了一句后的第二天下午，久我再次打电话到梓的家里。

他不抱多大期待地胡乱拨着号码，和昨天一样，听筒里传来了铃声。

就在以为这次也和往常一样不会有人接电话的时候，铃声一下断了，传来的是一个女人的声音!

“喂，喂……”

久我一下子屏住了呼吸，接着他马上明白那不是梓的声音。

“喂，喂……”

再次细听，这下他听清楚了，那是以前听过的梓的女儿的声音。

“喂，喂……”

久我自我镇静了一下，慢慢地对着话筒问道：

“是加纳家吗？”

“对，是的……”

声音非常像梓，但要年轻得多。

“我叫久我……”

没有答话声，但可以感觉对方已有所料。

“其实，就是想问问你妈妈的事……手术情况怎么样了……”

……

“该是做完了吧……”

随即，传来的先是对方一声轻轻的叹气，接着是低低的声音：

“妈妈已经走了。”

“走了？”

久我不明白意思，又问了一次。

“你妈妈去世了？”

“是的……”

“怎么会的……”

忘了对方是梓的女儿，久我急忙责问。

“是什么时候？”

“已经有一个星期了。”

“一个星期？在哪里？是医院吗？”

“不是……”

沉默了一阵之后，女儿用略带怨恨的口吻说道：

“她是自杀。”

“自杀……”

久我口中喃喃地说着，一阵晕眩袭来，手里拿着听筒当场跌坐在椅子上。

现在确实是睁着眼睛，但久我觉得自己的表情肯定是僵硬的，眼神是呆滞的。能清楚地看见周围的一切，但视点却是模糊不定的。

为摆脱这种虚幻的感觉，久我慢慢地站起来，对着话筒嗫嚅：

“怎么回事啊……”

无论如何，久我还是无法相信梓已不在这个世界了。

“是在哪里自杀的？”

“新潟。”

“新潟……”

“那里有个叫白岩的地方。”

“啊……”

也并不是完全出乎意料。当知道她是自杀的一瞬间，久我脑子里就掠过了一个可怕的想象。

那个最让人恐惧的后果现在已经变为确凿的现实了。

“您知道？”

被对方这么一问，久我急忙否认：

“不……”

两个月前，久我确实和梓两个人去过那个地方。也确实是自己，带着梓看了冬天的日本海，然后去了那个地方。

但是现在他还不能说“是的”，那就是说，是自己把她带往了死亡之地。

久我为掩饰内心的慌乱，放低声音问道：

“在那里她是怎么走的……”

“那里有一块高高的突入海中的岩石，从上面跳下去的……”

不等说完，久我就已明白。

两人去那里的时候，只见冬天的大海有无数的白浪冲天而起，朝着岩场滚滚而来，然后碎成一片水花。

难道梓是从那个断崖上一下跃入波涛汹涌的大海的？

“在一个星期以前？”

“今天是头七的日子。”

“头七……”久我口中喃喃，慢慢陷入了回忆。

那是六天前，住在京都的一夜。

那天夜里，久我在移动电话里听到了梓的声音。感觉是在心神不宁的状态下，只说了一句“对不起”的留言。

时间是在夜里十点左右，那么出事是在那之后了？

“是夜里吗？”

“详细情况也不清楚。只知道十点之后，出租汽车的司机将她从酒店带到了海边。”

“那么晚……”

“说是夜里想一个人去海边，司机也觉得有点奇怪。”

“后来……”

“到达以后，好像司机问了要不要等，她说不用了，你回去吧，于是司机就开车走了。”

“然后就一个人……”

久我的脑海里慢慢呈现出梓站在绝壁上的身影。

曾经，在落日的映照下，梓直直地盯着大海看，狂风中，胸前的围巾被吹得上下起伏，瘦弱的身体沐浴在夕阳的余晖中，呈现出金黄色。

那个突出于海的断崖被夜幕笼罩的时候会是什么样子的呢？

久我一边展开联想，一边又想起曾经和梓谈论过夜色中的大海。

深更半夜应该不会有人去那种地方，但梓却说，有明月升到海上，也许景色很美。

那天夜里，难道她也是受不了明月的诱惑，打车前往那不见一人、夜幕笼罩的海边的？

“眼睛的手术没做吗？”

“没有做。”

“那住院呢？”

“开始的时候像是打算住院的，后来大概是听说病情已被耽误，便不再抱什么希望了……”

一个月之前，梓在信中曾明确地说“马上就去医院”，但结果梓还是在彷徨犹豫，没去医院。

“好几次劝她赶快去做手术的，但是……”

久我也是同样劝说。

大家都在这么劝说，结果还是没能说动梓去医院做手术。

“结果，她一个人……”

久我想象着月夜里，梓抱着一死了之的念头，在通向悬崖的坡道上不断攀登的姿势。

那个时候大海也是那样波涛汹涌吗？感觉冷不冷？寂寞不寂寞？

不，久我更想知道的是，那个时候是带着怎样的想法和企求攀登这个断崖的?

正在任思绪漫飞的时候，又传来了年轻女声的低语:“妈妈好像早就有了去死的念头。”

现在想起来，久我也觉得有好几次这样的迹象。

“我没想到她会走到那一步……”

对于这一点，久我也同样非常懊悔。

“那走的具体时间? ”

“不知道，”女孩子停顿了一下继续说，“是第二天一早附近的人发现妈妈摔在岩石下面的。”

“在海里? ”

“正好摔在岩石和岩石之间的深潭里。”

被这么一说，久我想起了那时从断崖突出的一端往下张望的情形。只见断崖下面汹涌的波涛滚滚而来，但中间有一块被岩礁围着的地方水流平缓，像是一个深潭。

梓的遗体是在那里浮出的吗?

“哦，直到早上才被发现……”

“因为那里是个很少有人去的地方。”

这不用说，久我是最清楚不过了。别说夜晚，就是白天也几乎不见人影。虽说已到了早上,但能被人发现也许已经是很幸运的事了。

“那是当地的人来报信了? ”

“当地的警察和消防人员闻讯赶到现场，并收容了遗体。”

“你也去了那里? ”

“是的，因为旁边有包放着，所以立刻就查明了身份，联系上我们了。”

久我的心被深深地刺痛了，良久不能言语。女孩像是为了宽慰他似的用开朗的口吻说："不过，从那么高的地方跳下去，居然身上没有一点伤……"

从断崖的高度来考虑，那确实是个奇迹。

"哦，没一点伤啊。"

"是的，因为是掉在水里，所以很干净……"

久我似乎看见，在那被岩石围着的深潭里，梓的身体正漂浮在与汹涌的浪涛隔离开的水面上，长长的黑发随着波浪起起伏伏……

如果是久我第一个发现的话，他一定会从岩场攀缘而下，靠近梓的身体，亲吻那已经冰冷的双唇，用春天的花朵掩埋她的全身。

"那葬礼呢？"

"已经结束了。"

如果是六天前发生的事，守夜和葬礼都已结束也是理所当然的事。

"我怎么都不知道……"

就在刚才，久我还在期待着能不能听见梓的声音，这才拨了她家的电话。

"真没想到……"

久我再次咕哝道。没想到女孩子冒出一句："当时想过是不是要告诉你，但是……"

"是告诉我吗？"

"是的。"

"哦？为什么？"

"我什么都知道的。"

"知道什么？"

"妈妈在外和别人交往的事。"

……

“是真的。”

事情已经说到这个份上了，是该赔礼道歉，说自己不好，还是希望请求原谅？

但是女孩子一点没有特别指责的意思，而是用平静的口吻说：“一直在妈妈身边，自然而然就明白了。再说，妈妈也主动告诉了我……”

“你妈妈和你说了？”

“因为她是个不会撒谎的人。”

至此，久我已是无话可说，唯有垂头的份了。这时，女孩子像是特意要说给他听似的说道：“能得到您的理解，母亲一定也很高兴。”

怎么会有这样的想法？久我像是遇到知音似的对着电话话筒鞠了一躬：“谢谢……”

随后便是一阵沉默。久我又一次对着看不见的对方轻声说了一声“谢谢”，便挂断了电话。

放下电话，抬起头，窗外的阳光分外灿烂。

因为是靠近市中心的公寓，隔着马路正对面就是一幢白色的大楼，大楼顶上并排挂着有两个电机制造厂商的广告牌。

中午前的电视里说，白天气温将会上升，樱花的开花日期也将比往年提前好多天。

确实，现在虽然已是下午两点，但融融春光还是洒满整个空间，大楼的玻璃窗在阳光的照耀下反射出白色的亮光。

久我抬头望着这过于明亮的天空，忽然产生一种奇怪的想法。

梓已经死了，为什么这天还这么个亮法？虽说时光的流逝、季节的转换跟世事人情的变化毫无关系，但那也相差得太远，太无缘了吧。就算是不下雨，至少也该阴郁一会儿吧。真希望天能够暗下来。

为避开明亮的阳光，久我离开了书房，走进隔壁的卧室。

他像就这么倒下再不起来似的一头躺倒在床上，然后反复咀嚼着刚才梓的女儿的话。

六天前的一个夜晚，梓从那个面朝大海的断崖上一跃而下，自尽了。后来，遗体被人从海里捞起，送回东京，火葬，现在守夜和葬礼都已结束。

这件事已被大家确认，已是无法改变的事实。

“梓已不在这个世界，已经死了。”

久我再次对自己这么说，希望能够接受这个事实。

但是，越是这么自言自语，那声音越是像一粒尘埃一般即刻消失得无影无踪，留下的唯有冷冷的空虚感。

随后，他又心抱侥幸：“或许……”

刚才听到的会不会都是谎言?

梓的女儿背后其实躲着梓本人，她们在欺骗、蒙蔽自己?

让我再试一次吧，这么想着久我再次拿起电话听筒，刚才听到的女孩的声音确实又传到了耳朵里。

“阿梓……”

久我再一次呼唤着梓的名字，然后像受不了外面亮光的照射似的将脸伏在被子上，身体陷进柔软的被褥里，他想起在这里好几次和梓共涉爱河的情形。

有时沉稳，有时奔放，在这里肌肤相亲，共登欲望巅峰。

那令人眩晕的欢悦，使人癫狂的眷恋，现在都成了渐行渐远的回忆，终将消失于彼方，再不可能回来。

想到这里，久我的眼里不禁又沁出了泪水。为了抑住泪水，久我用手按了一下眼角，但随即，像等待已久似的，内心的悲伤一下子全涌了上来，他止不住抽泣起来。

眼前早已漆黑一片，什么也看不见，所以不用装腔作势。想到这里，泪水再次涌了出来，他听任悲伤的泪水畅快地流着。

不知过了多长时间，就像一个哭累的孩子似的慢慢抬起头来环顾四周。

刚才还显得过于明亮的天光，像是察觉了久我的悲伤似的有点阴暗了，在阳光照耀下闪闪发亮的大楼窗户也暗淡了下来。

就这样，沉浸于无边无际的春的倦怠中，久我忽然想起，应该合掌祭拜一下已在天国的梓。

因为葬礼已经结束，梓的骨灰一定是安放在世田谷的家里。

总不至于借着多少有点儿亲密关系的理由，满不在乎地跑到那样的地方去吧。

这么寻思着，他想，可能的话，还是供上一束鲜花吧。

暂且先打个电话问一下吧。久我擦了一下泪水站起来，拿起了电话。

和刚才一样的铃声响了起来，又是梓的女儿接的电话。

“刚才失礼了。”

声音有点儿沉闷，反正在电话里也不用担心会被发觉自己刚才哭过。

“不知是否有点儿冒失，我想用鲜花供奉一下……”

“给我妈妈？”

“去佛堂供奉。”

女孩像是略微踌躇了一下，然后说：“如果不介意，你可以把花送到我这儿来吗？”

“你这儿？”

“因为我已不和妈妈住在一起了。”

“那现在？”

“因为有些东西要收拾一下，今天正好在妈妈家。”

女孩是为了收拾一下已经没了母亲的家，才来到这里的?

“如果你送来，我会把花供奉在妈妈灵前的。”

“那拜托你了。”

“我把我的住所地址告诉您。”

随后，女孩把住所地址和电话号码告诉了久我。

“那就不写是谁送来的鲜花……”

“也许那样比较合适。”

女孩忽然带点大人的口吻说：“对不起，给您添了麻烦。”

“哪儿的话。”

供花的事就这么说定了，久我还想再听听女孩那酷似梓的嗓音。

“花选什么好呢？”

“我想她都喜欢吧。”

久我想起梓是喜欢百合花的。

“那还是我挑选吧。”

“谢谢您。”

“今后你要孤单了。”

“嗯……”

声音有点沉闷，久我才发觉自己说了多余的话。

“振作精神吧。”

“嗯，会的，”说完，女孩的声音变得开朗了一些，“过去我一哭哭啼啼，就会被妈妈骂。”

“被她骂？”

“在她走之前曾给我打过电话，要我好好生活下去。”

有这样的事？久我一边回应着，一边在想，要是那天在京都的夜里接到了梓的电话，她会说些什么呢？

“你很像你妈妈。”

“是吗？可我没妈妈坚强。”

“坚强？”

“是的，她是个很坚强的人。”女孩再次肯定地说，“居然在那种地方一个人赴死。”

久我的脑海里再次浮现出在黑夜笼罩下，那突入波涛汹涌的大海里的断崖。

梓到底是因为怕手术后变得丑陋，失去继续活下去的勇气，还是已经察觉到自己离死期不远，索性亲手结束自己的生命？

“那种结束生命的方法，很像妈妈的个性，很勇敢。”

“勇敢……”

确实，对于选择自己来结束生命的梓来说，这个词也许是最合适的。

“你真的是这样想吗？”

“当然，再没有比她更勇敢的人了。”

对于女孩的这个评价，久我打心眼里赞同，他有点儿如释重负似的挂了电话。

第十章

水　暖

在获悉梓的死讯的第二天，东京开始下雨了。

此前让人感觉已进入了初夏的晴好天气一下子变了脸，铅灰色的天空不断下着雨，气温连白天也只有七八摄氏度，待在房间都觉得有点冷。

昨天之前已将毛衣换成了贴身的衬衣，现在又要把冬衣找出来，暂时停掉的暖气还得再次开起来。

从每天的最高气温来看，一天的温差居然超过了十摄氏度，像这样冷热相差悬殊的天气，患感冒的人一定不少。

幸好，久我没有感冒，但身体状况不太好，也提不起什么精神。

本来就受着春愁的困扰，现在又遭遇突如其来的雨天和低温，精神更是萎靡不振，别说工作，就连一本书也无法坚持读下去。

心里虽然很焦急，担心这样下去可不行，但最后还是没能做成任何事，日子就这么一天天过去了。

这种无休止延续的沮丧心情，显然和梓的死有关系。

当然季节变化过于剧烈是一个诱因，但相比之下，另一个更大的原因，则是“梓早已不在这个世界上了”这一冷酷的事实。

这个事实不管你如何哭泣、如何叫喊，都是无法改变的。

每次这样一想，这样对自己说，久我的心情就更加消沉，更加灰暗。

尽管如此，雨，还是在一个劲儿地下。

一般来说，提起“春雨”，就是那种像在拉出细线似的无声无息下着的雨，有着让人进入雨中任其淋湿的冲动。

而眼下下个不停的雨，却与这种娇艳的风情相去甚远，被涂成铅灰色的天空中，如注的雨水毫不留情地向地面倾泻着。

对面的大楼、眼底下的马路都被雨水淋透，路上的行人个个都手里撑着伞，缩着身子，步履匆匆。

看着这凄寒的景象，用冰雨来代指这种春雨似乎更为合适。

事实上，别说在北海道，就连东北和长野的山区等地现在都正下着大雪，突如其来的春雪在有的地方造成电车停运、道路堵塞。

春天为什么会出现这种异常的雨雪天气呢？或许有人会说，那是冬季步入春季时，在季节转换的节骨眼上出现的“临产前的阵痛”，为迎接所谓的充满希望的初夏。事情真的就那么简单吗？

坦率地说，从下个不停的雨，到不合季节的反常春寒，现在的久我已把这些都同梓的死关联在一起来理解了。

比如现在，望着垂直流过书房窗户上的雨滴，就会联想到跃入冰冷的大海里时梓流下的悲伤泪水。

那波涛汹涌的大海，该是多么寒冷彻骨啊。

一想到这些，眼前就会浮现寒夜里，梓一个人站在伸向海面的断崖上的身影。

四周一片漆黑，黑暗中能看见的只有奔涌而来的白色浪花。

向着这夜色笼罩下的大海一步步走去的梓，她在想些什么？她在祈愿什么？

当然，那个时候肯定已经决定不惜一死了，但在那一瞬间她有没有想到久我呢？

现在的久我只有一件事可聊以自慰，那就是那天夜里十点梓打过来的一个电话。

那个时候，梓好像已经离开了酒店，也有可能是在房间里打的，或者某个公用电话亭里打来的。

毫无疑问那是梓的声音，低低的一声“对不起”。

现在再怎么回想，最为悔恨的还是那个时候居然没有接到电话。

如果那个时候能够和梓直接通话的话，也许可以挽留住她。

一想起这个，久我就像全身被尖锥刺穿一般痛彻心扉。

当然，就算劝说了，也可能无法改变梓决心一死的主意。

甚至就算久我打去电话，梓也可能不理睬。

梓打来电话，那句道歉的遗言，是为自己没去医院而选择自尽表示歉意，还是只想以声音来代替一纸遗书？

不管怎么说，在临死之际，梓肯定是想到了久我。

对此，久我现在是可以满足和接受了。

想到这一点，久我的心情也就慢慢地变得平静、柔和起来。

总之，梓的死，是她自己选择的结局，事到如今再说这说那已毫无意义。

倒是尊重、赞颂她的这个选择，或许是对梓的在天之灵最好的上供。

在悔恨和释然之间的来来往往中，久我在获悉梓的死讯的第二天所做的最重要的一件事，就是给梓的女儿家里送去鲜花。

他知道以前梓一直喜欢白色的花，但到底哪种花好呢？

有山茶花、多花狗木、百合、满天星，还有杏子、苹果、生梨等果树花。

从琳琅满目的鲜花中，久我挑选了百合。

立刻打电话给熟悉的花店，如有百合立刻给弄一些。

“您要多少枝呢？”

“这个……你那儿有多少枝呢？”

“这怎么说呢……”

花店的员工好像有点为难，如果需要的话，当然最好把店里所有的花都给送去。

“是用来供奉佛龛的。”

“哦，那十枝左右比较合适吧。白色的吧，看上去雍容华贵，很典雅的。”

“那就拜托了。”

久我告知了梓的女儿给的地址和姓名，忽然发觉有点不对劲。

女儿的名字是“蓉子”，姓是“真村”，与梓的“加纳”不一致。

是自己搞错了吗？又一看，确实是写着“真村”，应该不会错的。

也许昨天刚听到梓的死讯时心慌意乱没有注意，说不定是女儿已经出嫁，随了丈夫的姓。

这么一想，离开娘家住在别处也就可以理解了。

“赠者姓名怎么写？”

“请不要插上姓名牌。”久我回答道。

花店的女工又问：“那就是什么东西都不附上，是吧？”

“是的，就那样。”

挂上电话，久我感觉就像完成了一件大事似的松了一口气，点上了烟。

要是在过去，一想到梓现在这个时候正在干什么，就会随手打她的移动电话。

但是，现在梓已经不在这个世上了，打过去也不可能接听。

他虽然明白这个事实，但又一想，会不会留下语音什么的，便按起了号码。

那是一串打了多次，想忘记也忘不了的号码。

按完了号码，怀着侥幸的心理等待着，一会儿传来的还是那个机械的女性声音："您拨打的电话号码，现在已不再使用。"

这样的结果也是理所当然的。

梓亡故之后，电话可能就被她的家人注销了。

久我再次望着缓缓流着雨水的窗户，真切地感到，梓确实是已离开了这个世界。

订花以后的两天里，雨一直在不停地下。

第三天，雨终于停息了，但气温仍然很低，天空看上去也还是不太明朗。

天气预报说，带来连绵春雨的低气压虽然已移到南方海洋上空，但锋线仍停留在本州南岸一带，形成了阴晴不定的天气。

久我的身体状况好像和天气很合拍，虽然还不怎么好，但比起下雨的那些日子来，似乎已有所好转。

那天下午，他想清理一下最近一段时间因精神怠惰而停下的工作，刚刚坐到书桌前，帮忙的女佣手里拿着几封邮件走了进来。

除了几本杂志和邮寄广告外，还有一封信。

寄信人一栏写着"真村蓉子"，拆开一看，信上的字非常端正，和梓的字十分相像。信上写着：

前略　近日可好？

前几天就收到了您送来的美丽鲜花，谢谢您。

就在当天，鲜花供在了妈妈的灵前。

在她非常喜欢的白色鲜花的簇拥下，佛龛中的妈妈看上去非常高兴。

我替妈妈向您致谢。

乍暖还寒之际，敬请保重身体。

蓉子

读完信，久我发出一声叹息。

鲜花终于通过女儿的手供在了梓的灵前。

开始的时候还不敢肯定，送去的花会不会认真地被供奉，现在可以相信那花是供在了梓的眼前。

久我再次看了看信，又念了一遍“佛龛中的妈妈看上去非常高兴”这句话。

倒真是个心地善良的女孩子。

一般来说，像她那样的处境，根本就可以不把你当一回事而不理睬你，要真是这样，也是没办法的事。

将那样一个男人送来的花郑重其事地供上，还写来这样一封热情的信，久我心里感觉十分宽慰。他不禁想象被鲜花装饰着的佛龛四周的样子来。

毫无疑问，那里肯定陈列着家人亲属，还有梓的朋友，甚至梓的丈夫方面的人送来的鲜花。

在这些鲜花中，自己送的花放在哪个位置呢？

这么一想，久我的脑海里立刻浮现出梓的丈夫来。

明确地说，此前他一直在竭力回避思考梓的丈夫的一切。内心深处虽然也经常想到这点，但是实际上他始终只在梓和自己的关系中来看待梓的死亡。

但是，梓毕竟是有丈夫的。

对于自己妻子的死亡，那个人是如何面对、如何哀悼，又是如何去接受的？还有，他是如何看待梓选择在越后临海的断崖上结束自己生命这件事的？

当然，到现在为止，他从没见过梓的丈夫。

以前，梓从不谈及自己丈夫的事，久我也从不提起相关的话题。对于他们两人来说，这是个禁忌，是不能去触及的禁区。

然而现在，只有丈夫在守着已经升天的梓。

梓在世田谷的家是什么模样，房子有多大，久我一概不得而知。

有过好几次，久我提出要送她回家，但梓总是说“不要紧的”，一个人独自回家了。

有的时候也出现过想看看她家是什么样子的冲动，但绝没有去探刺的意思。

现在梓走了，就更没有去那里的可能了。

久我再次想象着位于静寂的和式房间一角的佛龛和四周围拢的鲜花。

以及佛龛前一个人坐着的梓的丈夫。

从梓的女儿的话里听起来，现在的家里好像只有梓的丈夫一个人了。

现在，那个人看着那没有赠主的白花会作何感想？

这么想着，久我渐渐地感觉有点喘不过气来，焦虑中他生起了新的念头。

“去那岩礁处看看吧……”

委托梓的女儿供奉鲜花应该是没错。

先将鲜花供奉在挂着梓的遗像，安放着梓的骨灰的佛龛前，那当然是一种礼貌。

但是，在久我的心目中，也唯有他明白，梓的坟墓应该是在那伸出海面的断崖之下。

那里是谁也无法侵入、由他们两人发现、只属于他们俩的一个秘密地方，也是他们两个人的坟墓。

在这么思考的过程中，久我开始感到，梓好像已在那断崖顶上等着他了。

“我得早点去那里看她……”

久我口里喃喃地说着，开始查看自己的记事手册。

现在已经接近三月底了，要去，就得越快越好。

这个周末还是下个星期？考虑的结果，是久我决定三天后动身。

如果那天动身，因为第二天没什么特别的工作安排，还可以在新潟住一宿。

这么决定以后，久我从桌子的抽屉里拿出了盐泽的布料，摊开在桌子上。

那是两个月之前，梓在盐泽的小城里自己纺织的。

此前，那布料一直放在装饰橱的搁架上，在得知梓的死讯后便越发珍惜起来，藏在了抽屉里面。

这些日子他经常要拿出来看看，如今，它已成了久我回忆与梓做最后一次旅行的珍贵遗物。

也许，将这块布料与信一起寄来的时候，梓已经做好了自尽的准备。

为什么那个时候没有发觉呢……

已经不知多少次懊悔这件事了，现在也只能不去想它了。

还是带着这块布料去那个断崖吧。

那个延伸到海面的岩礁滩才是他心目中梓的墓地，是梓一个人长眠的地方。

“立刻去见面吧。”

久我又嘀咕了一声，将布料用包袱包好，放入背包里，然后开始为三天后的旅行做准备。

那天下午四点半，久我在东京站坐上越新干线前往新潟。

倒也不是有意要坐这班车去，只是当天下午结束手头的工作到东京站一看，只有这个时间的班车了，就直接乘上去了。

总之，事先根本没有想好要在几点到达，到达后做些什么事。

只是希望今晚能到达新潟，明天去探望梓结束自己生命的地方。

要说目的也就这些，要说一个人自由自在倒也没错，但却也是一次孤独的旅行。

车窗外，列车离开东京的时候下着小雨，一会儿雨就停了，灰色的云层将前方的天空遮得严严实实。

三月底的这个时候，离真正的春天到来还有些时日，但东京的樱花已开了七分。

不过，从昨天起又有夹着小雨的寒潮来袭，遭遇开花期的寒流，要盛开似乎还得再等上几天。

尽管如此，列车在经过大宫之前，还是能在高楼丛林的间隙里稀稀落落地看见正欲开放的樱花。但到了高崎一带，樱花还在孕蕾，正在眺望日暮时分的街景时，列车进入了隧道。

一穿过这长长的县境隧道，便是越后了。

两个月前，久我就是走着这条线路和梓一起出去旅行的，当列车在长长的隧道里奔驰时，他悄悄地伸手，在梓的两腿间来回抚摸。

一开始梓还有所抗拒，但到了半途便放弃了抵抗，脸朝着车窗外，闭起了眼睛。

现在，久我的耳旁还清晰地留着当时梓微微喘气的声音。

就在他回想这一切的时候，忽然觉得黑暗的车窗上好像有一张梓的侧脸，再定睛一看，那张脸立刻消失了，车窗再次被漆黑色涂满。

那个时候和现在相隔不过两个月，但梓已不在这个世界了。

这件事久我比谁都清楚，但他脑中还在追寻着梓。

就这样，在列车的轰鸣声中听任思绪纷飞。此时，列车忽然穿出隧道，一转眼又进入了另一个隧道，两次反复之后，终于到达越后汤泽。

正像事先所想的那样，虽然还留着残雪，但与两个月之前的景象已完全不一样了。

一月份来的时候，还在不停地下着雪，连有顶篷的站台上也积起了厚厚的雪。而现在，别说站台，连周围民居的屋顶上都不见了雪的踪影，只留下原野和山坡上还覆盖着的皑皑白雪。而且那个雪，以前积得有一人多高，现在只是稍稍地隆起，马路也露出了黑黑的路面。

一时间城市的一切都被大雪覆盖的北国，现在确实也能感受到春天的气息了。

望着这温和、沉静的雪景，久我又想起了梓。

两个月前，两人来的时候就是在这个车站下车，然后从这里坐车经盐泽，前往六日町。

考虑这次旅行的时候，久我曾想过就走和上次一样的路线，然后在六日町的旅馆住宿，但考虑的结果还是放弃了。

明确地说，这次旅行本来就是为了追忆梓，说起来是久我一个人的感伤旅行，所以过于接近触发记忆的地方，可能反而会很辛苦。

“还是就这么路过比较好吧。”

久我一边对自己说着，一边望着渐渐远去的小城。

那是怎样的一种恬静、温馨的景色啊。

静寂的雪乡笼罩于薄暮之中，点缀着零星的几点灯火。那是母亲在家里等着孩子回家，还是一个女人在盼着心上人的到来？

漫无边际地眺望着，久我又想起梓来。

那时就想和梓两个人一起眺望这样的风景。再过两个月，如果梓还活着，就能一起赏景，可为什么要一个人先走了呢？

“走得太急啊……”

梓的女儿把这说成是勇敢，久我现在不这样认为。

相比之下，他更觉得梓的死过于任性，有点只顾自己不管他人的味道。

你现在这样按着自己的意愿，也许是实现了自我升华的目的，但留下的事情怎么办呢？

你也许会说：“那些不是我知道的事情，我除了这个办法，没有其他的路可走。”但那不正是你自以为是、自私任性的表现吗？

望着夜色渐深的雪原，久我暗暗地生起气来。

到达新潟的时候天已擦黑，城市灯火通明，充满活力。在站前广场坐上出租车，投宿于和上次同一家位于信浓川畔的酒店。房间的位置也几乎一样，从窗口望去，可以俯瞰夜色中的信浓川和架在河上长长的大桥。

两个月前，河上、桥上都可见纷纷扬扬飘着的小雪，而现在，雪花早已消失得无影无踪。也许是刚刚下过雨的缘故，空中飘浮的是一片淡淡的雾霭，以至于装饰大桥的灯光看上去都是一圈圈的光晕。

思绪不禁又飞向以前，那个时候也是在这里，吃着旅馆女掌柜送的饭团，梓为自己沏茶。

然后……

想到这里，久我像是要拂去记忆似的站了起来，决定去用餐。

心里想着再不去想梓的事，但结果还是在酒店附近的这家两人曾经来过的寿司店柜台式餐桌前坐下了。

“欢迎光临！”

中气十足的中年手艺人似乎还记得久我。久我只是点点头，点了红鱼肉和比目鱼，要了暖酒，就这么一个人自斟自酌起来。

“工作出差？”掌柜问道。

上次是和梓一起来的，这次也许是看他很寂寥的样子。

“嗯，算是吧……”

寒暄渐趋冷淡，取而代之的是不停的劝酒。走出店门时，连久我自己都知道有点醉了。

外面雾霭已散了大半，天空已有星星出来。

久我忽然想，不妨现在直接就去那个岩场。

说不定梓也是带着这样轻松的心情出门的。

这么想着，久我便举手拦了出租车。

在这样的夜晚去海边，也许就被梓的灵魂召唤去了。

一瞬间，久我觉得这样也挺好，但立刻对自己说“不行”，转而回了酒店。

回到房间，才十点不到，没有一点睡意。

早知现在这样子，应该坐再晚一点的电车来，现在后悔也没用。

久我再次思考着明天的安排，他问了酒店是不是有花铺。

服务台人员告诉他，花铺在一楼，上午十点开门。久我决定就请花铺制作一个花束，想着就进了浴室。

久我洗了个舒适的热水澡，换上睡衣，觉得时间还早，不知做什么好，随手从迷你酒吧拿出威士忌，开始喝了起来。

刚才在寿司店喝了酒，现在洗完澡又喝威士忌，久我渐渐感觉有点飘飘然了。

索性就醉个痛快，然后只想着梓的事进入梦乡吧。

带着这样的想法自斟自酌，久我忽然有了一个冲动，想听听梓的女儿的声音。

倒并不是想说什么特别的话，只是想告诉她，自己已追着她母亲来到了那个海边。

能告知这事的人，也只有她了。

但转而一想，这深更半夜的打电话会不会惊扰她？甚至，说不定还会给她带来麻烦。

但是，能理解自己此时寂寥心情的，除了她还有谁呢？

开始的时候还有点犹豫，过了一会儿借着酒后的醉劲打开了通讯录，找到了她告诉的在目黑的家的电话。

他还是迟疑了一下，接着毅然决然地拿起了电话，按下了号码。

他想，如果是陌生人接的话就立即挂断。听筒贴上耳朵，一会儿传来了一个女人的声音。

“喂……喂……”

确定对方就是梓的女儿后，久我自报了姓名。

“呵，先前的事谢谢您了。”

该是在谢送花的事吧。可以感觉到对方对断断续续的说话声有点吃惊。

久我也对立刻就写来回信的事表示了感谢，然后问道："你知道我现在在哪里吗？"

"在哪……"

"新潟。"

大概是太出乎意料的关系，女孩用慌张的口吻问道："怎么会的……是出差？"

"不是，就是想来看看……"

久我像是要压抑一下醉意似的端正了一下姿势。

"想去那岩场看看……"

"我妈妈……自尽的地方？"

"那里是叫白岩吧？"

"是的，您是特地去的？"

"想明天坐车过去……"

"那里很远啊，地点您知道吗？"

"我能去。"

"沿着岸边的道路一直往南，有一个叫间濑的地方。因为前面有一个小餐馆，您可以在那里问一下……"

久我默默地听着，女孩说的一切他都熟悉。

"对不起。"

女孩好像是在低头施礼。过了一会儿低声说道：

"妈妈一定会很高兴的。"

刹那间，久我对女孩油然升起一种难以言状的亲近感。他鼓起勇气说道：

"我明天就回东京，我们能见见吗？"

“见我吗？”

“是的……”

见对方沉默不语，久我像是抚慰似的说：

“没什么特别的事情，只是想听听你妈妈的一些往事……”

“我妈妈的？”

“嗯，不会很麻烦的。只要能说说你妈妈的事就可以。”

“我？合适吗？”

“当然。”

久我肯定地回答，想象着电话的另一端女孩的模样。

“你和你妈妈很像呢。”

“哦？您怎么感觉到的？”

女孩像是终于放松了心情似的，声音有点开朗起来。

“见了我，您也许会失望呢。”

“不可能的。”

久我一边觉得自己是不是有点厚颜无耻，一边试探地问道：“很冒昧地问一下，你结婚了吗？”

“是的，刚结婚。”

“那现在是在夫家吧？”

“是的……”

住的是公寓房，还是独幢住宅？不管怎么样，现在这个时候丈夫应该是在身边吧。

“这么晚了打电话给你，很不好意思。”

“不，没关系的。”

女孩的声音充满了亲切感，久我获得了力量。

“那什么时候能见面呢？”

“晚上可以吗？”

“好的。”

“你做什么工作呢？”

“暂时还没有。”

这些梓什么都没说过，也许是结婚后辞掉了工作吧。

“那到时候一起吃晚饭好吗？”

久我放下电话听筒，查看了一下记事本，然后问道：“四天后的晚上怎么样？”

“我没问题。”

“那定在六点吧。”

久我又说了位于银座地下街的一家法国餐馆名字。

女孩好像从没去过那里，但名字和地点都知道。

“那我们到时候就在那里见面吧？”说完，久我忽然想起还没和女孩见过面，“应该说，我知道你的情况，但你并不了解我，所以，你还是带个什么标记吧？”

“不，我也知道老师的事……”

被叫作老师，久我有点儿不自在，接着女孩又用带点调皮的口吻说：“我在照片上见过您。”

“见过我？”

“看了您的书就知道了，再说在报上也见过。”

出版著作的时候，是有极少数还刊登了自己的小照。她说的是这个吗？

“所以我认识您……”

“那我先在那里等你。”

“好的，我来拜访您。”

说定了见面的事，久我松了一口气。

女孩轻声地说道：“去的时候路上请多加小心。”

“谢谢。”

久我答应着，发觉自己心情一下子好转了许多，不禁用手咚咚地在自己的额头上敲了两下。

第二天一早，久我在客房里用了早餐，做好出门的准备，然后去酒店底楼的花铺看看。

店铺里有一位看上去像是北欧人的白皮肤年轻女人。“您是庆贺用，还是答谢用？”被这么一问，久我也不知如何回答是好。

看来在酒店买的花，绝大多数不是用来参加婚礼，就是送给住宿客人用于答谢。

因为实在无法开口说是用来吊唁的，久我便说：“用来送礼……”并选择了白色的百合花。

要了大约十枝，女店员说：“配点满天星草可显得更豪华些。”

久我点点头，女店员很快做成了一捧花束，还用玻璃纸包了起来。

正如女店员所说的那样，四周用满天星草一点缀，形成了一个柔和的花团，看上去很华贵的样子。

久我表示了谢意，女店员特地帮着送上停在酒店门口的出租车。久我让她放在旁边的坐席上，之后对司机说了一声“到白岩”。见司机不解地歪着头，便又说了一声“间濑海岸”，司机才算听明白。

那个地方说白岩大概很少有人知道。

“你是说海岸线啊。”

司机问道。久我发觉果真有这样的标志。

“就是沿着海边的路走吧。”

汽车开了起来，问司机到间濑要花多少时间，得到的回答是“四五十分钟吧”。

一会儿，汽车驶入了一个住宅区，开了十分钟左右，又进入了一片松树林，不久便见到了海岸。

天空下着小雨，乌云低垂着，大海风平浪静。

随处可见的松树，还有弧度平缓的沙滩，都依稀还能记得。两个月前和梓一起来的时候，确实也是这条路。那个时候和现在虽然是一条路，但方向相反，是从南朝北上来的，大海也要汹涌得多，有着让人无法接近的凌厉，而现在则是烟雨蒙蒙、风平浪静。

半个月前，梓来这里的时候也是这样风平浪静吗？

正在久我展开思绪，眺望大海的时候，司机又开腔问道：“先生，间濑的海滨风景不错吧？”

“是啊，请在那边停一下吧。”

“那等一会儿还回这里来吗？”

“当然啊，要赶下午的电车呢。”

见司机点头答应着，连久我都觉得自己的行为有点儿怪异。

确实，一个五十来岁的男人捧着大大的一束花坐车本来就是个难得一见的风景，更别说一个人在这样的季节来到不见人影的海边了。而且，还要让人在那里稍等一会儿，接着再赶回新潟去。这当然会让人觉得奇怪了。

“那边你从没去过吧？”

“是的，没去过。”

在和爽直的司机交谈的过程中，久我忽然想到：不知道那天梓坐的是怎样的一辆出租车？

如果能找到那个司机的话，也许可以知道一点梓前往海边时的情况。

“大概半个月以前，有个女顾客坐了出租车到间濑，不知你有没有听说？”

“哦？是怎么回事呢？”

“夜里十点多，好像是走到那个间濑的顶端自杀了。”

“死了？”

“从那里的一个叫白岩的地方投海了……”

司机好像在竭力回忆着，过了一会儿说：“听你这么一说，好像是听说过。”

“你知道是哪位司机吗？”

“不知道，只听说有个女人自杀这件事。”

看来他是不知道带梓过来的司机是谁了。

“您也是去那个地方吗？”

“嗯……”

久我含糊地应着，又将目光投向了烟雨蒙胧的大海。

也许是在平日上午的关系吧，一路上十分空旷。

盛夏时节这里想必是车水马龙，很多人来这里洗海水浴。而现在，才偶尔有几辆卡车、客货两用汽车擦身而过。

道路还是沿着海边往前延伸着，但已能看见青山迎面而来。过了几个隧洞后，便看见一个写着“角田岬”的标志牌。

那里，与弥彦山一脉相承的山体是伸入海中险峻难行的部分，也因此成就了美丽的海岸线，而成为佐渡弥彦米山国家公园。过了那个海角，再穿过隧洞，便出现了背靠青山的一块小平地和海滩，那里就是间濑海岸了。

和上次一样，久我让司机把车停在沙滩一端的停车场上。

两个月前，和梓一起来的时候是吹着夹着小雪的冷风，而现在只是一个劲儿地下着细雨。

那个时候两人仰视才能看清的观音像和观音像对面山脚下的神社，现在都在霏霏春雨中默默地矗立着。

久我向司机借了一把伞，左手拿着花，开始走上通向山岩的小路。突然他想起来，不是说右边有一家餐厅吗，该去打听一下才对。

只见餐厅进门处挂着一块写有“住宿、用餐”字样的牌子，看上去现在没客人，只有自动饮料机默默地并排站立着，地上躺着几个空罐。

果然餐厅关着门，久我小心地推门进人，只见里面仅开着一扇玻璃边门，推开玻璃门，不见人影，店堂里的椅子整整齐齐的，一副清闲的样子。

“有人吗？”

怎么一个人也没有？又喊了一声，才见柜台后掀开暖帘出现一位中年妇女。

“现在是休息时间吗？”

“是啊，有什么事？”

对于突然造访的客人，女人有点疑惑的样子。

“很抱歉，想问一下您是不是一直在这里工作？”

“是的，不过只是帮人看管……”

看来，那中年妇女只是在餐厅关门休息的时候帮着看管店家。

“其实，想向您打听一点事……”

为了不让对方感觉自己是个奇怪的人，久我再次略略施礼，然后问道：

“应该是在半个月以前吧，在那边的岩场，曾有一个女人投海自杀。”

扎着围裙的中年妇女望着久我左手拿着的花束，轻轻点了点头。

“您知道？”

“是的……”

“好像是夜里发生的事。”

“我看见时已经是第二天的白天了。”

“您看见了？”

那中年妇女像是被责备做了不好的事似的垂下眼睑。

“是在那边的岩场自尽的吧？”

“最先发现的是一个叫本间的人。”

“本间？”

“那人住在卷町，是他发现后报的警，接着救护车就来了……”

“那时大概几点？”

“应该是晌午稍过些时候吧。”

久我将手里的花放在面前的柜台上。

“那你看见的时候，遗体已经从海里打捞起来了，是吧？”

“是的，已被放在担架上了。”说到这里，女人有点奇怪地问，“先生是她什么人？”

“哦不，只是有点熟悉而已。”

“亲属都已经来过了呀。”

“明白。其实是因为昨天来新潟出差，正好有这个机会，所以想来凭吊一下。”

中年妇女好像终于相信了，表情也有所缓和：“是从东京来的吗？”

“是的……”

"您辛苦了。"

对女人的慰劳，久我再次轻轻地颌首致谢。

"那你是见到了躺在担架上的遗体了？"

"因为要从岩礁下搬运到停在另一边的救护车上。"

"那脸……"

"因为用白布蒙着，所以也不清楚。听说是个蛮漂亮的人。"

"漂亮……"

"是消防队的人说的。"

在询问的过程中，不知怎的，久我觉得现在梓似乎还躺在山岩下面。

"那穿的是什么衣服呢？"

"好像是穿着套装什么的，因为盖着毛毯也没看清……"

"就这么送上救护车了？"

"因为大家都说那人已经死了。"

久我微微地点点头，打量着四周。桌子上叠放着椅子的餐厅里冷冰冰的，靠海一边的窗户上还挂着雨滴，看见久我漫不经心张望的样子，女人嘀咕道："只是不知道为什么要到这样的地方来自尽。"

……

"那样漂亮的一个人……"

听她这么一说，久我重新注意观看眼前的女人，年龄也好像和梓差不多，灰色的长裤和毛衫外套着有肩襻的围裙，因此显得有点老，但白皙的脸庞看上去不过四十五左右的样子。

"先生，您这就要去那边的山岩吗？"

"是的，想供上鲜花。"

"上面很滑的，您可要当心点啊。"

久我点点头，拿起刚才放在柜台上的花束。

“谢谢您的多方关照。”

再次道谢后，女人一边朝外面张望，一边问道：“上去的路知道吧？”

“嗯，没问题。”

久我再一次低头施礼，并离开了还没开门营业的餐厅。雨还在不停地下着，但他全然没有感觉。

久我将伞放在了餐厅门前，只拿着花束攀登通往岩场的山道。

上次来的时候岩石表面还裸露着，只有瘦弱的松树扎根其间。而现在，野山茶生长茂盛，到处都开着红色的花朵，像是要把岩石表面都遮盖住。

“这么多的山茶花啊。”

久我一个人自言自语，可心里却想着是在和梓说话。

“看，草也变青了！”

路边的杂草带上了绿色，个头也长高了。

“我来了！”

久我口中喃喃地说着爬完斜坡登上了顶点，从防护栅栏的空当跨进了岩场。

餐厅的女人说得没错，茶褐色的岩场被雨淋湿后非常滑溜，久我小心翼翼地一步一步踏稳再前进。

和梓两个人来的时候，山岩上是寒风呼啸，连站稳都不容易，而现在几乎没有一丝风。小雨还在不停地下着，大海的远处看去是一片灰蒙蒙的，海面上风平浪静，只有几束微波碰上岩礁后被撞成了碎片。

久我又向前走了一步，站在了可以俯瞰断崖的位置上。

两个月以前，梓就是站在这里一动不动，任凭脖子上围着的围巾被寒风吹得乱舞，自己只是远远地望着水平线的彼岸。

难道那个时候梓已经定下要在这里结束自己的生命？还是后来悄悄决定的？

反正，梓也早已不在这个世界上了。

就这样，在刮过断崖的海风的吹拂下，久我的心里也终于明白了一件事。

梓在这里结束自己的生命，同时很可能也是为了实现自己美学上的一个理想。不给家人、医生、久我，总之，不给任何人带来烦恼，为了自我的美学，在这里给自己的生命画上休止符。

一想到这里，久我的内心便轰然发出声来。

“噢……”

在这里，不管你发出多大声，都没有一个人能听见，为你倾听的只有来自大海的风。

那种放心感再次促使久我放声大喊：

“是我，是我看你来了啊！”

喊声被雨水裹着，向梓投身的断崖传去，最后被海水吸走。

“你知道了吗？”

他想把这句话传送给在大海另一边的梓。

“我再也不叫你去医院了啊！”

久我现在又重新成了初次和梓见面时的小青年。

“我带来了你十分喜爱的花啊！”

久我这么喊着，恭恭敬敬地用双手捧起花束，紧接着又奋力抛向大海。

虽说今天没风，但岩场的外沿还是有风。

白色的花束在空中飘舞着慢慢地往下落去，半途碰到岩壁后，加快了下落的速度，直到最后消失在突出的岩石顶端。

说短暂也真是短暂，现在，花束应该已到达曾经托浮过梓的海面上。

为确定花束下落的位置，久我走到断崖边上的岩场往下看，只见被岩礁围着的深潭浮着白色的百合花。一枝、两枝，总共有五六枝百合花落在海面上，花的四周，满天星草如白雪一般散开着。

仔细观察，每枝百合花都像梓躺着的样子一样，头朝着大海的方向，微微摇动着。

在将它们合在手掌的时候，纯白色的百合花看上去就像穿着赴死的白色装束一般。

“阿梓！”

久我再次在岩场上蹲下身子，一边俯瞰底下的深潭，一边大声喊着。

现在他能说出口的也就这个了，其余的话都已经是多余而空虚的。

他竭尽全力不断喊着梓的名字，也只有这样他才能消除往后的寂寞和哀伤。

“阿梓！”

久我知道再怎么喊叫也已无法唤回逝去的梓，但他还是面对雨中的大海拼命喊着。

第十一章

惜　春

久我从新潟回来之后，东京仍接连下了两天雨。

第一天只是雨势较大，第二天更是刮起了风，白天的气温甚至连十摄氏度都不到。

这雨和风使得好不容易开出的樱花纷纷谢落。

久我看着下个不停的阴冷春雨，想起从东京站回来时看见的皇居四周盛开的樱花来。

不知道是什么道理，每当樱花争艳盛开的时候，冷雨冷风就像等待已久似的突袭而来。

正如俗语“好花伴风暴”所说的那样，花开必然会招来无情风暴的纠缠。

难道，那是在忌妒过于美丽的鲜花吗?

想到这里，久我又自然地想起了梓。

这一年缠上梓，使其痛苦不堪的疾病，就是摧残鲜花的暴风骤雨。

就在前不久，梓迎来了一个女人最为美丽的时光。从年龄上说虽然已不年轻，但正因如此才酿成了脱离了单纯年轻的美，唯有成熟女性才有的温柔和娇媚。

这种娇艳的美丽难道是受到了邪恶女神的忌妒，而在梓的身体里种下疾病的种子？

就像盛开的樱花受到风雨摧残而谢落一样，过于美丽的女人也会遭遇多舛的命运。

现在回想梓的死，似乎也只能做出这样的解释了。

确实，才四十过半的年龄，就不得不自己选择死路的梓十分可怜，但那也是她过于美丽的缘故。

望着外面风雨交加的天气，久我这么自我安慰着，千方百计地让自己理解梓的离去。

回到东京之后的第三天，是和梓的女儿约好见面的日子。好像是故意挑选了日子似的，这天雨停了，人们又迎来了春天明媚的阳光。

久我知道，从第二天的半夜起，雨势就小了。但没有想到，次日会是这么一个晴朗的日子。

久我习惯晚起，时间已经过了九点，朝外看去，春天的阳光分外明亮，反照在对面大楼的窗玻璃上，房顶上升腾起白色的水蒸气。

大概是久雨之后春天的阳气卷土重来的缘故，长出嫩叶的树木也恢复了元气，空气和阳光似乎都充满了湿润的气息。

那天，久我一过中午就开始工作，一直到四点结束，五点一过便离开了青山的公寓。

在离约定时间还有十分钟的时候，便到达了见面的银座地下西餐馆。当然，此时梓的女儿还没到。久我决定，在候客的房间里喝一杯辣味雪利酒等她。

过了一会儿，到了六点，先是一个男人，然后是两个女人，几乎同时走进来，但他立刻看清两人都不是梓的女儿。

就这样又等了十分钟左右，门口出现了一位身穿淡黄色连衣裙配同色夹克衫的年轻女孩，显得富有青春活力。

久我立刻判定那就是梓的女儿了，而对方也正带着紧张的神色朝这边看着。

“你是加纳女士的……”

久我不由得站起身来问道，女孩还以一礼答道：

“我是真村蓉子。”

久我也自报了姓名，再次打量着眼前的女孩。

算起来今年该是二十三岁了，那略宽的额头只需一眼就能看出是梓的女儿。

看上去比梓稍微高一些，但纤细的体形和她母亲十分相像。

“对不起，让你久等了。”

“没事，我也是刚到不多一会儿。”

久我回答着，心想，迟到十分钟左右，这和她妈妈的做派倒也十分相似。

赶紧让经理带着入座，两人面对面坐定下来。

“谢谢你能来，地方立刻就找到了吗？”

“是的，因为这个地方曾来过几次……”

“和朋友一起？”

“不，虽然以前一直想来这里，但进来今天可是第一次。”

这个西餐馆在银座也算是高级的，所以女孩子以前一直想来这里。能直率地说出自己的这个想法，久我一开始便有了好感。

“你和你妈妈很像。”

“可是我不这么认为……”

女孩脸上露出困惑的样子，那低头向下看的表情，也是梓常见的习惯动作。

“今天是从家里出来？”

“是的。”

抬起头，胸前的项链上一粒钻石闪出耀眼的亮光。

餐厅灰色的墙壁和红色的地毯，色彩十分协调，豪华中有着稳重的氛围。

像这样同年轻的女孩两人单独进餐，对于久我来说还是第一次，所以有点不自在，而蓉子则好像是对店堂里的气氛有点紧张。

经理拿来一本大大的菜单本，蓉子向经理点菜，前菜要了西式炖笋，主菜是包裹烧烤咸味仔羊。

久我要了一直喜欢的用鲷鱼制作的法式风味点心，主菜点了洋酒煮日本须鳎鱼。蓉子说能稍许喝点酒，所以又点了劳瑞的夏菩提尔红酒。

菜点完后，蓉子又环顾了一下四周，问道：“这里老师经常来吗？”

“不，很少来。”

“和我妈妈一起来过？”

“嗯……”

同梓最后一次来这里，应该是在去年的夏末。

“记得妈妈曾开心地说过，去了一家非常豪华的西餐馆。”

“是和我吗？”

“是啊，因为妈妈总是把老师说成‘那个人’，所以我马上就明白了。”

久我苦笑着说：“你那个‘老师’的称呼实在是……”

“不好吗？那我该如何称呼呢？”

被这么一问，久我竟也一时答不上来。正在想着该怎么称呼时，蓉子像是想出了什么好主意似的问道："那称叔叔怎么样？"

"叔叔……"久我口中喃喃说，感觉有一种说不清的害羞感，"那以后就这么称呼吧。"

同梓相比，因为年轻，蓉子显得活泼爽快，那种无忧无虑的心思，对于久我来说充满了新鲜感。

开胃菜之前，先上了酒肴生火腿，斟上了葡萄酒。

久我拿起酒杯，正要干杯的时候，又有点尴尬了。

这样的场合，该说什么好呢?

说"为祈祝你妈妈的冥福干杯"吧，过于沉重，说"恭喜恭喜"也不合适。

结果，只是两人轻轻碰了一下杯，抿上一口后，久我说起了三天前从新潟回来的事。

"给你电话的第二天，我去了那个地方。"

"结果你还真的特地去了那里啊。"

"一说起间濑海岸，人家立刻就知道了。"

"到了那个山岩？"

"是的，爬了上去……"

"难为您了，您不怕吗？"

"嗯，到了顶上，把花撒向了大海，以作供奉。"

"谢谢您。"

蓉子将双手放在膝上，低下头说："妈妈一定会很开心的，在那样冷寂的地方。"

说着，也许是想起了断崖，蓉子将视线投向了远方。一瞬间，耳垂上小小的钻石耳饰闪出亮光，吸引了久我的目光。

这时蓉子嘟哝了一句："只是，让人奇怪的是，妈妈怎么知道有这么个地方？”

久我好像自己受到了责备似的，把脸转向了一边。

“今年年初的时候，确实听她说过有事要去京都一次……”

毫无疑问，那正是一月底和梓两人同行的时候。

“所以当听说妈妈在新潟海边自尽的消息，我简直不敢相信……”

和梓一起去那边的，正是久我自己。

久我竭力抑制住要说出这个意思的冲动，轻轻地抿了一口酒。

现在说出真相并不难，但说得这样明白，恐怕会伤害对方。

“我爸爸和我，两人都一点也没想到。”

听着蓉子的话，久我有一种内疚感，但同时还有一种类似喜悦的感觉。不管怎么说，梓是在一个除了他之外没有第三人知道的地方结束了自己的生命。

撇开令人心痛这点不谈，至少，直到生命行将结束，她都是与自己紧紧地联系在一起了。明白地说，这样的想法，对这一点深信不疑，才成了久我的精神支撑。

开胃菜上来了，久我一边用叉子叉起鲷鱼制作的法式点心，一边问道：

“你妈妈是什么时候出门的？”

“嗯……出事的两天前，十六号。”

这么说，梓是直接去了新潟，在那里住了一晚后在第二天的深夜投海了？

“有遗书什么的留下吗？”

“什么也没有，只是在出事前不久打了电话……”

“打给你？”

“是的，要我和雄司好好相处……”蓉子接着解释说，“雄司是我的丈夫。”

“本来，妈妈并不是一个会细致关照的人，但那个时候很少见地说了很长一通话，还说‘那个人就是有点懦弱，其实人并不坏’……”

“她在担心呢……”

“是的，我们虽然已经订婚了，但还不想结婚，可是妈妈却说还是早点办了的好，我经不住她的唠叨，便在今年的正月……”

“结婚了？”

“是的，在成人节那天，妈妈亲自给我订下了婚礼会场，说这次无论如何要办……”

在自尽之前的两个月，梓做了这件事，那是久我做梦也没想到的。

“很有可能那个时候妈妈已有了死的心思了。”

“真想不到……”

蓉子轻轻地摇着头，镶着小钻石的耳饰也跟着微微晃动。

“婚礼结束的时候，妈妈非常高兴，她说：‘这下我什么时候死都不要紧了。’一边流着泪，一边还握着我的手……”蓉子低下头，用手帕轻轻地按着眼角，“还好，我成全了妈妈的愿望。”

“她看见你做了新娘，也放心了。”

“我为妈妈尽了最后的孝道。”

蓉子自言自语地说，接着又重重地点头说:“她是个真正的好妈妈。”

……

“她一直为我和弟弟操心着，还有爸爸……”

一听到蓉子口中提到了梓的丈夫，久我低下了头。

“我爸爸和妈妈的感情如何我不太清楚，但是，妈妈常常会为各种工作上的事在外奔波，爸爸就总是为她担心着……”

在从女孩口中说出的梓，对于久我来说都是第一次知道，而且和原先想象的有所不一样。

“妈妈好像也给爸爸打了电话。”

“自杀以前？”

“好像是说要晚一天回家，很对不起什么的。现在想起来，那也许算是留给爸爸的遗言吧。”

一边听着蓉子在说，久我再次想起那天京都之夜的情形。

那天夜里，梓留在移动电话里的话，就像对丈夫和女儿一样，是打算留给久我的遗言？

那是临死之前为了作最后的告别打来的，还是为了期望能互相倾诉内心的爱意？

不管是什么，对于久我来说心中还有一个无法释然的疑团。

“那另外有没有留下遗言……”

“没有，不过她很可能早就有了死的准备。”

“什么时候……”

“这我也不太清楚，反正从去年年底开始，觉得妈妈一下子变得特别温柔，虽然身体很不好，但对爸爸和弟弟很是用心……对我也总是一边掉泪，一边告诫要好好生活。第一次看见妈妈那个样子。”

明白地说，直到现在，久我一直深信不疑地以为，自己是梓的关系最为紧密的人，甚至超过了她的任何一个家人。

实际上正因为如此，梓才会在有着和自己相同回忆的地方自尽。

但是，刚才女孩描述的梓的真实面貌，和呈现在久我面前的是不一样的，感觉她是有着多种面貌的人。比如她比谁都期待女儿早日成家，看见女儿做了新娘流出了眼泪；她为丈夫百般操心，最后还打电话告别；对儿子的将来她也放心不下。

梓既然是个妻子，是一家人的主妇，这些都是很正常的事。但对于久我来说，还是有一点不明白——躺在自己怀里时是那么燃情、癫狂纵欲的梓，在家里却是这样一个慈祥的母亲，一个贤惠的妻子。

“不明白……”

现在，久我只能做出这样的解释。

女人有着男人无法明白的无数面孔。不，也许男人也是一样。就像梓有着各种各样的面孔一样，自己也有各种各样的面孔。现在一个人住在青山的公寓里的时候，回到家里和妻子在一起的时候，还有和梓一起沉湎于逸乐世界里的时候，自己也有着好多种不同的面孔，所以根本没有责怪梓的权利。

人生活在这个世界上也许都是带着各种各样的面孔。虽然想明白这一点也就能接受这样的事实了，但久我还是喃喃地说：“难以理解……”

望着映照在暗红色葡萄酒上的灯光，蓉子低声说道：“当时接到那个电话，我一点都没想到妈妈会走这条路……”

“嗯，那也是没办法的事情。”久我安慰道。

蓉子轻轻地摇着头说：“不过，我爸爸好像有所预感。他接到妈妈的电话后立刻打电话给我，问我妈妈在哪里，非常担心。”

“后来呢……”

“到处寻找，结果还是没找到……”

梓家里的这些事久我一点都不知道，那时他一个人正在京都喝酒呢。

“我真笨。”

“不，笨的不是你一个人。”

“这么接近，居然没有察觉……”

要说这样，久我也犯了同样的错误。

和蓉子一样，相比之下，有的时候和梓的接触更为接近，但绝没想到梓会走上绝路。对于梓有时突然看穿一切的达观，有时扔掉一切、挣脱桎梏的大胆，久我虽然也觉得吃惊和奇怪，但就是没想到她会走绝路。

“我也是什么也没想到……”

现在稍许走进梓的内心世界，认真关注一下也许能够觉察到，但现在说什么都已经晚了。

“什么都没觉察到……”

事到如今，向谁道歉都没用，唯有垂首懊悔。久我突然领悟到：不管相互之间爱到什么程度，要真正了解对方的内心深处在想些什么，还是十分困难的。有的人不管爱得有多深，但彼此还是无法互相了解，互相接受。

“那是没办法的事……”

虽然认为这是一个太过简单的逃避借口，但现在除了这么说，接受彼此的悔意之外好像也没有其他的办法了。

开始上主菜了，闪着银色光泽的帽形食盒同时打开，久我面前是洋酒煮日本须鳎鱼，蓉子面前是包裹烧烤仔羊。

顿时香气袅袅，“好像很好吃哦！”蓉子不禁叫道，眼里闪出亮光。毕竟年轻，从悲伤中跳出来也快。

餐厅配酒员走过来斟酒，久我点头致谢。

梓在女人当中属于比较能喝酒的人，蓉子看起来也不讨厌酒。

久我一边瞅着玻璃杯中晃动的葡萄酒，一边想起梓在喝多的时候双眸微红，投来倦怠眼神的样子。

这时若再多喝几口，梓就会变得话多起来，继续越过界线，那么先前恭谨文雅的样子一下子跑得无影无踪，变得放浪起来，其变化速度之快让人难以置信。

眼前的蓉子是不是也是这样呢？

久我连忙打消一瞬间出现在脑海里的并非虚幻的想象，问蓉子：“以前也常和妈妈一起出去吧？”

“是的，和妈妈去过好多地方，因为只有我一个女孩子。”

在只有两个人的时候，梓和蓉子会说些什么呢？久我继续询问：“什么时候开始知道我的事情的？”

“已经是很久以前的事了。”

蓉子露出一点像是想起什么似的眼神。

“好像是高中的时候吧。”

“那么早啊……”

如果是蓉子上高中的时候的话，那至今已有七八年时间了。

“那样的事情，我也是在不知不觉中知道的。”

久我有一种罪孽在加重的感觉，所以故意移开了视线，而蓉子还是落落大方地说：

“因为家里有好多叔叔写的书，所以隐约有点感觉到了。而且，每次约会出门的时候，妈妈的打扮总是与平时不一样……”

高中生的蓉子，对这些变化已经有如此敏锐的观察力了？

“那你那个时候一定怨恨我吧……”

“开始的时候确实很讨厌，但后来，妈妈主动和我说了。”

“你妈妈和你说？”

“我想她一定是知道我已经有所觉察了。”

正在久我为该如何应答而不知所措的时候，蓉子继续说道：“进了大学以后，我还帮了你们不少忙呢。”

“帮忙？”

“在妈妈为出不了门而犯难的时候，我给她出了好多主意……”

“但你妈妈出门是为了她工作上的事。”

“不仅如此，她还在外借宿过吧？”年轻的蓉子眼睛忽然像豹子似的闪闪发光。

“这么说来，你和你妈妈已深知到那个地步……”

“结成了同盟哦，”蓉子狡黠地笑了笑，“那时我就在想，什么时候叔叔该请我吃个饭，我可是帮了忙的，请客吃饭应该是理所当然的吧？”

“那太谢谢了……”久我诚恳地低头施礼。

“我还对妈妈说过，让我见一次叔叔的。”

“她怎么说……”

“开始的时候还说见见也好之类的话，后来突然又说不行了。”

“为什么？”

“说那是个见异思迁的人，要是喜欢上了咱蓉子可就麻烦了。”

久我听了顿时有种类似于兴奋和刺痒交织在一起的感觉。

“你妈妈真是这么说的吗？”

“她当然不会说假话的，我们是母女啊。”

尽管这样，怎么做母亲的连自己的婚外情也一五一十地告诉女儿，而女儿居然还从旁协助……

久我喝了一口酒说：“那事情要是给你爸爸知道的话……”

“不会，我绝对不可能告诉爸爸。”

“但要是你爸爸感觉到了呢……”

“不会的，不可能让他知道的。”

“可是……”

不管母亲和女儿结成如何坚固的同盟，蓉子毕竟也是父亲的女儿。在知道自己的母亲背叛了父亲，她能心平气和地看着不管吗？

久我真想这么问，倒是蓉子自己主动开了腔。

“我妈妈和叔叔重逢是没办法的事，但如果全部被叔叔夺走也是让人难以接受的。”

“那怎么办……”

“不过我知道，妈妈是绝对不会走到那一步的。”

……

“妈妈喜欢叔叔，这是事实，但她绝不会因此抛弃家庭。”

难道那是真的吗？和梓紧紧抱在一起，发誓要互相深爱对方的久我难以接受刚才蓉子的话。

“但我们长久以来一直……”久我到底还是很难说出“互相爱着”这个词。

蓉子轻轻地点点头：“我很清楚，妈妈是被叔叔吸引。但您可能不知道，我爸爸是一个外表看起来很稳重，但内心很严厉的人。所以，平时妈妈总是小心翼翼地生活。而正在这个当口，叔叔出现了，我妈妈因此获得了很大的解放。”

“可是我怎么也没……”

“我妈妈曾经说过，每次和叔叔相见，身心就会得到很大的放松，而且，此后的一段时间里也能好好地做事了。”

听了这话，久我不知道是应该高兴，还是悲伤。

如果真是照蓉子的说法，那么自己只不过是一块被用来缓解梓和她丈夫之间矛盾的缓冲材料而已。

就此而言，你说有存在的意义吧，也是有的，但若仅此而已那也太令人沮丧了。

现在的久我很想好好地和蓉子说明白。

你母亲和我，绝对不是那种仅仅是为了寻找一时慰藉才走在一起的关系。我们在心灵深处互相结为一体，互相爱着彼此，只要再跨出一步，出现那么一个催化的因素，我们就会双双私奔。那样一种关系，是你辈所无法想象的。之所以没有跨出那一步，是因为我没有提出这样的要求，如果我提出想和她在一起，那么你妈妈肯定会丢下你和你爸爸，投奔到我这里来。

他想这么说出来，但话到嘴边，久我又改变了主意。

仔细想来，他还没要求梓走到这一步过，如果真是这么要求，也许梓会离家出走。但之所以在走到这一步的前夕打住，原因显然是在久我身上。

虽然对梓有着很强的独占欲，却在实现目标之前止步，这是因为久我缺乏勇气，还是自制力太强的缘故？他觉得两方面的因素都有，又好像都不是。

“可是，我怎么也帮不上……”

听见久我这么轻语，蓉子用安慰的口吻说道：“不过，我妈妈是爱着叔叔的。”

听到这意料之外的话，久我不禁抬起头来。只见蓉子正用指尖轻轻擦拭沾在酒杯口的口红，那也是梓常见的一个动作。

“从很早开始，妈妈就有她自己的保险箱。”

“在哪里？”

“附近的银行。我估计里面放着叔叔给她的信和一些她自己的重要物品。”

确实，久我一直就有个担心，自己给梓的信件、一起拍的照片等，不知道她是如何保管的。

“妈妈还常常会写日记，也保存在那里……”

“那你是怎么知道这件事的呢？”

“妈妈曾经半开玩笑地和我说，万一我有个什么三长两短，你一定要帮我打开这个保险箱，将里面所有的东西都销毁掉，她把密码也告诉了我。”

“那现在呢？”

“现在已没这个必要了，”蓉子定睛地看着蜡烛光映照下的酒杯，接着说道，“她是自尽，肯定事先已打开保险箱，将里面的东西都处理掉了。”

“那现在是什么也没了……”

“真的是什么也没了。”

难道那镌刻着爱的誓言的信札，留着两人美好回忆的照片，也早就不在这个世界上了吗？

虽然可以想见这是理所当然的事，但被这么一说出来，还是有一种仿佛遭受了很大损失的空虚感。

“那你爸爸难道一点都没……”

“也许有点儿怀疑，但没什么问题。”

没有引起大的家庭风波，这是否也可以说是梓的聪明过人呢？

“毕竟，我妈妈是个很谨慎的人。”

虽然对蓉子说的这些没有什么不同的看法，但久我还是有一个难以理解的地方。

尽管是在说着已经亡故的母亲，但蓉子神情开朗，无忧无虑。

主菜仔羊几乎见底，后添的热蔬菜也已吃完。“真好吃。”蓉子说了一声，将刀叉收齐放下。

与蓉子比起来，久我却没有什么食欲，特意点的须鳎鱼也只吃了一半。也许，胃口的差距正可以表明今天话题带来的冲击程度。

过了一会儿，餐车送来了餐后点心和水果。蓉子从中选了薄荷奶油冻、洋梨水果馅饼，久我却想要来点刺激性强的，便选了苹果烧酒。

从六点见面到现在已差不多过了两个小时，久我觉得对蓉子已经有了相当的亲近感。当然，在这背后有着对梓怀念的因素，另外就是有了一种安心感，因为她对自己和梓的一切都已了如指掌。

久我呷了一口倒在小脚酒杯里的琥珀色苹果烧酒，蓉子表现出对这酒的好奇心。

“叔叔，这酒厉害吗？”

“你要不要喝喝看？”

久我问道。看她跃跃欲试的样子，便想再点一杯，蓉子赶忙阻拦：“不用了，我只尝一小口试试。”

于是久我把酒杯递过去，蓉子抿了一口慌忙递回。

“哇，好烈的酒啊！”

“因为那是利口酒。”

蓉子用手摩挲着喉头，那动作就是年轻女孩特有的，虽然夸张却很可爱。

当久我再次拿起酒杯，正在为杯口曾停留过蓉子的嘴唇而踌躇的时候，蓉子从皮包里拿出一个信封放在桌子上。

“这是妈妈最喜欢的东西。”

说着打开信封，里面掉出一张照片。

那是在一个什么海边的公园里照的吧，梓一个人坐在长凳上，脸上露出浅浅的笑容。也许是海上吹来的微风，梓的前刘海有点散乱，这反而使得整个形象显得更为柔和。

“是什么时候的照片？”

“去年秋天，在横滨，是我照的。”

如果是去年秋天的话，那就是梓的第一次手术刚刚结束，还没发觉复发，身体还算健康的时候。

“您应该有和我妈妈一起拍的照片吧……”

“不，这个倒真的没有。”

对久我来说，最为遗憾的是，今年一月和梓一起旅行时没拍过一张照片。

“这张照片可以给我吗？”

“可以啊，叔叔喜欢的话，就请拿着吧。”

蓉子好像是为了怀念母亲，特地为自己从影集中挑选出梓拍得最好的照片。

“其实，我也有一样可留作纪念的物品。”

“是我妈妈的吗？”

“是你妈妈纺织的丝绸。”

“丝绸？是和服布料吗？”

“很少的一点，但却是你妈妈在织机上亲手织成的。经纱和纬纱交合织成，很好看的纹样……”

说着，久我一口将苹果烧酒喝完，横了一下心说了起来：“其实，今年一月，我和你妈妈一起外出了，从六日町再到新潟。”

……

“中途，在盐泽的纺织纪念馆里，你妈妈借了纺机自己纺织丝绸……”

“请等一下。果然，妈妈和叔叔是一起去了新潟啊。”

……

“也去了那个山岩？”

久我点点头，蓉子重重地吐了一口气。

“怪不得，我当时就在怀疑呢……原来是叔叔告诉了我妈妈那个地方啊。”

“不，不能说是我告诉的。”

“果然……”

再次呻吟一般地轻轻嘀咕了一声后，蓉子突然探出身子问道：“那个纺的丝绸能给我看看吗？”

“可以啊，只是在家里放着……”

“那等一会儿就去您家里看看，行吗？”

如果真的想去，那当然是没关系了。

久我一边答应着，一边在想，要是梓现在在场的话，会作何感想呢？

依稀记得以前确实也见过这样的情景。

只有梓的女儿和自己两个人在回青山公寓的路上，两人一起愉快地吃了饭以后，有点微醉。

但是，想到这里，久我轻轻地摇了摇头。

显然，现实中肯定没有发生过这样的情形，之所以觉得似曾相识，该不会是记忆幻觉产生的作用？

可是，久我和梓的女儿直接见面，今天是第一次。

依稀记得曾和一个从没见过面的人一起乘车的情景，是不是因为以前有过这样的期待才会有这样的记忆幻觉呢？

久我想到这里不禁轻声嘀咕：“不行……”

“什么？”

听蓉子这么一问，久我赶紧摇头：“没，没什么。”

现在的蓉子，只是一心想看看她亡故的母亲留下的那块盐泽绸布料，才跟着来到自己的住处，但自己却抱着无聊的幻想，这是中年男人无耻的邪念在作祟。

尽管只是瞬间的念头，久我还是竭力警戒不要被子虚乌有的记忆幻觉缠绕。

“请在前面路口往左拐。”他对司机说。

青山大街一丁目的十字路口往左拐弯，然后过去第一条路口右拐，前面就是久我居住的公寓。

年轻的蓉子好像对什么事都抱着强烈的好奇心。

在公寓前一下车，她就抬头望着大楼再三询问：“是住在这里吗？”走进大楼入口门厅，她又左右环顾，乘上电梯后还好奇地问道：“这电梯是这边专用的吗？”

进入房间前，蓉子望着门外用罗马字“M.KUGA”写着的铭牌，脸上露出奇怪的神色。久我一打开房门，她像一只小猫一般哧溜进了房间。

久我拿出拖鞋给她，蓉子说了一声“谢谢”后穿上，然后稍稍弯下腰，将自己和久我的鞋子鞋尖朝门外方向摆整齐。

起居室在进门后的左边，久我招呼她进入那里后，蓉子轻叹一声：“收拾得可真干净啊。”

虽然这并不是久我自己整理的，而是帮忙的女佣做的，但晚上的起居室看上去确实整洁干净。

“请坐……”

久我指了一下右边的沙发，蓉子慢慢坐下，两眼还在不停地环顾四周。

对于蓉子来说，进入一个上了年纪的男人单独居住的房间也许是头一遭，所以就有了旺盛的好奇心。再说，这里也是她母亲多次来过的地方。

对此，蓉子或许也有所意识。

“这画真棒！”

坐在沙发上，面对蓉子的墙上挂着一幅绘有月色朦胧之下满树怒放的樱花的画。

那是绘有樱花的画中，久我最中意的一幅，只要到了樱花快要盛开的季节，他总要把它挂出来。梓也很喜欢这幅画。

久我本想把这事告诉她，但立刻又打消了这个念头：“要喝点什么吗？”

“谢谢，不用忙活。”蓉子答道。

可是两个人都空着双手总觉得有点发窘。

久我在小酒杯里倒了康特露酒，和冰水一起放在了蓉子面前。

“欢迎光临。”

久我举起酒杯，蓉子也拿起酒杯喝了一口。

“真甜，不过也蛮烈的。”

因为也是利口酒，当然口味重了，不过应该是很好喝的。梓也常喝这个饮料。

“哟，那个真可爱！”

蓉子现在把目光转移到了装饰柜里边的搁架上。那里插着六月菊和君影草等春花。是昨天出版社的女编辑带来的。

“过去……”

久我稍微停顿了一下，鼓足勇气说：“你妈妈也常常在那儿插花。”感觉蓉子的眼睛忽然闪出了亮光，久我继续问道，“你会插花吗？”

“会一点，不过没我妈妈插得那么好。”

“是跟你妈妈学的？”

“不，我和我妈妈不是一个流派。”

一瞬间，久我从蓉子身上隐隐感觉到一种类似于对母亲不服输的劲头。久我点点头站了起来。

梓在盐泽织成的布料放在久我书房上了锁的桌子抽屉里。

久我手里拿着布料回到起居室，在蓉子面前打开：“这是说好要给你看的……就是刚才说的你妈妈织的布料。”

蓉子目不转睛地细看了半晌，然后拿在手上，用手指在布料上轻轻地抚摸着。

“是丝绸呢。”

“经纱是事先纺好的，然后选用自己喜欢的颜色纺上纬纱。”

蓉子像是在寻找母亲的触觉似的不断抚摸着。

“她用了橙色的丝线呢。”

“是很漂亮的纹样吧？”

“我妈妈居然织出了这么明亮的纹样。”

蓉子将布料在自己的膝盖上展开，仔细看着。突然，她像想起了什么似的：“只有那次，我是持反对意见的，那种情形很少有。”

“哪次？”

“就是一月底妈妈突然提出要去京都。”

“可是，那次……”

“刚才听了叔叔说的，我才知道是去了新潟。不过去哪里都无所谓，只是那次我是感觉有点不对劲。而此前我总是想办法让妈妈能方便出去，但就是那一次……”蓉子像是突然思绪泉涌似的，用手轻扶额头，“事情不正是那样吗？那个时候妈妈的左眼几乎已经失明，却还在外面住了两晚……”

确实，借宿雪乡六日町的时候，梓用筷子夹黑豆掉下，不知影踪，只能作罢。

“所以我反对她出去，我说：‘这次我不帮您，您要是还去，我就和爸爸说……’”

久我没想到她们母女之间还有这样一场争论。

“后来呢？”

“结果妈妈还是去了，所以后来我就不听她的话，最后还让她为难了……”

蓉子用手按着眼角，说不下去了。久我也无言地垂下了头。

过了两三分钟，蓉子冒出一句：“叔叔，能让我看看其他房间吗？”

蓉子想看，也就没有可以拒绝的理由了。

久我站起身，蓉子默默地跟在身后。

久我先带她进入中间隔着房门，与起居室相对的书房。

“很杂乱的……”

书房大约有八张榻榻米大小，对着正面的窗户摆着书桌和椅子，右边的一面墙靠着书架，左边则并排放着电脑和传真机，前面是简单的长椅和桌子。

蓉子一边饶有兴趣地对着书房东张西望，一边问道：“就在这里写作啊？”

“嗯，算是吧……”

感觉被看了书房就如同内心最隐蔽的地方也被窥视了似的，久我有点忐忑，不知蓉子是否这样想。扫视了半晌，又听她问：“那您休息的时候在哪呢？”

“就在隔壁的卧室……”

“那边也能让我看看吗？”

一个年轻的女孩想看男人的卧室。对如此的大胆久我一开始有点迟疑，但马上就被蓉子认真的眼神所压倒，他低声说:“在这边……”

卧室就在起居室和书房的中间。打开房门，蓉子略微迟疑了一下，但马上说了一声“对不起”，走了进去。

一打开床头柜上的台灯，上面覆着米黄色床罩的窄型双人床便呈现在眼前。右边的墙上是久我休息时看的电视，再靠近旁边是镶嵌在墙上的一面镜子。

蓉子像是在一样一样检查似的看过来。

“就在这里休息吗？”

“是的……”

从旁望着认真细看的蓉子侧脸，久我忽然觉得蓉子似乎正在启动全身的感觉神经，细致寻找母亲和自己情事的痕迹。

“真安静啊。”

确实，与通衢大道只相隔一条马路，这里的公寓环境就非常安静。蓉子的视线停在了床前的一面镜子上。

那里，曾经是梓在做爱之后，一面映照着自己的躯体，一面整理身上凌乱的内衣，系上细腰带的地方。

有时，久我就从背后靠上去，用舌头从颈项一直吻到肩头。

久我想着这些，一转首，蓉子的耳根和颈项就在眼前。

恍惚间，他嗅到了年轻女孩特有的浓重气味，久我不禁移开了视线。

现在这样的场合，如果抱住蓉子……蓉子是默许顺从，还是激烈反抗，骂一声“真是讨厌的叔叔”？

想着这些奇怪的念头，久我屏住了呼吸。

此时他听见蓉子的喃喃声：“现在我终于知道了妈妈的一切。”

不明白她这话是什么意思，久我没出声。

“原来妈妈还有另外一个我不知道的世界啊。”

……

“也许，我原来了解的只是妈妈的一个侧面。”

对于这一点，久我也有同样的体会。

虽然跟梓有过好几次的肌肤相亲，共同沉溺在性的极端欢愉中。但是，久我所知道的，也不过是戴着偷情的枷锁释放自己情欲的梓而已。

同样，换了一个地方，梓回到家里便成了一个贤妻良母，是一个优秀的家庭主妇。对梓的另一面，久我别说感觉，就连想象都做不到。

“没办法……”

那便是久我现在最真实的感受。

确实，如果说片面的话，也许，久我呈现在梓眼前的也只不过是他的一个侧面。

与梓结合的时候，久我确实是一个情欲旺盛燃烧的男人，但回到家里，他又扮演着一个平凡的父亲和丈夫的角色。

每个人都是带着看不见的另一张脸活在这个世界上的。

想到这里，闻着年轻女人身上散发的甜腻气味，只听见蓉子低声说道：“在那最后一夜，妈妈给我打来电话的时候，说了这么一句……”

“你妈妈……”

“在电话里讲了好多话之后，她说：‘这个世界什么都是短暂的’。”

“短暂……”

久我反复咀嚼着这句话，蓉子重重地点点头，接着说道：“那个时候我还不明白它的含义……”

所谓“短暂”，不就是渺茫、只限一时、浮休之类的意思吗？

久我在脑子里追寻着这个词的含义，这时，蓉子用很肯定的口吻说：“不过，我妈妈肯定说的是另外一种意思。她想告诉我的是，这个世界上的一切最后都会消失，都是虚幻、短暂的，所以，要放开一切，使劲地活……”

说完这些，蓉子对着久我问道：

“叔叔，您是怎么想的？”

“是的，也许正是那样。”

“是啊，我来到这里才开始明白，妈妈曾经竭尽全力、不顾一切地活过。”

……

“所以，才会那样干脆、勇敢地结束自己的生命。”

蓉子像是在说给自己听一样重重地点点头，然后再一次环视着房间：“谢谢您，让我走进这里来。”

“没……”

对于年轻女性瞬息万变的想法，久我实在有点难以理解和接受。

久我望着窗外的夜色不言语。只见蓉子轻轻地点了一下头，走出房间。久我紧跟在后也走了出来。蓉子回头对着他略微欠身施礼。

“谢谢您了。”

“别客气……”

看一下卧室还不至于达到需要道谢的程度。

久我想再次请她到起居室坐一下，蓉子在卧室的门前站住脚步。

“叔叔，我该回去了。”

“时间还……”

他想说时间还早，忽然想起这话也曾对梓说过。

“已经很晚了……”

对着看表的蓉子，久我压下了还想继续挽留的念头，点点头。

“那我帮你叫车吧。”

“不用，又不怎么远，我一个人能回去。”

“还是我叫一下吧。”

久我用书房里的电话订好了以前一直预约的出租车，拿着车卡走出书房时，蓉子将梓织成的布料仔细地对折后放在桌子上。

“这是我妈妈留下的遗物，请您好好保存。”

“当然……”

“我妈妈毕竟还算是个幸福的人啊。”

蓉子是勉强这么想的，还是发自内心？

“但却走得那么急……”

“因为她知道自己已不能长久地活下去，所以才拼命地生活。”

话虽然也可以这么说，但作为被抛下的人来说，她的死实在是过于突兀、过于轻率了。

“要是能再多活一些时候……”

久我对此还抱着留恋的心情，而蓉子则像是甩开久我的这种心思似的站起身。

“那我走了。”

久我跟着也站起身。蓉子再行一礼：“今天不但承蒙请客，还带我来到了您的房间，非常感谢。”

“别这样说，其实也没做什么。”

“很高兴能和您见面。”

“我也是……”

蓉子再次提出“一个人回去”，久我还是执意要送到楼下。

两人乘着电梯下楼，穿过门厅，走到楼外，只见一辆出租汽车正闪着车灯等在公寓前。

“再见了，叔叔。”

久我闻声伸出手来，蓉子定睛看了久我一眼，握住手。

“路上小心。”

“今天的事我会告诉妈妈的。”

那是一只柔软、温暖的手。

蓉子主动放开了久我的手，再次低头施礼，然后坐上车。见久我还是伫立原处不动，蓉子打开车窗，朝久我轻轻挥手。

过去，梓也是以这样的动作离开的。

久我还在这么想着，汽车已经启动，亮着尾灯，慢慢消失在夜色中。

剩下孤单的一个人，久我忽然在沉沉的黑暗中嗅到一股花香，他不禁停住了脚步。

那好像是公寓入口边上，那被隔开的庭院里瑞香发出的香气。

久我像是受到了这花香的吸引，停在石阶上，不经意间抬起头来，只见夜空中挂着如同一弯细眉的月亮。

仰望夜空，久我深深吸了一口夜间的清冷空气。

远处传来汽车来来去去的声音，那响声，那花香，那与梓相亲相爱的日日夜夜，还有像梓一样的自己，这个世界上所有的一切都会消失。

“一切都是稍纵即逝的吗……”

现在，久我也开始明白梓临离开这个世界时所表达的心情了。

因为一切都会在最后消亡，所以要抓紧当下好好地生活。

蓉子所说的已自不待言，现在，被抛下的久我，也已痛彻心扉地明白了那热切的想法。

梓虽然自己选择了死亡，但直到最后一刻她都忠实地按着自己的意愿活着，这一点是毫无疑问的。

不管由谁来说，梓是实现了自己的美学理想。

直到现在，久我才开始读懂梓的坚强和执着。

自己究竟能不能做到这一步，久我没有自信，但至少他可以铭记这一点生活下去。

“一切都是稍纵即逝的吗……”

久我再次喃喃自语，像不舍那花香似的回头望了一眼庭院，然后在石阶上一步一步踩稳脚步，回到梓早已不会再来的一个人的房间。

图书在版编目（CIP）数据

浮休 /（日）渡边淳一著；杜海清译．—北京：九州出版社，2014.5

（渡边淳一经典作品集）

ISBN 978-7-5108-2929-1

Ⅰ．①浮… Ⅱ．①渡… ②杜… Ⅲ．①长篇小说—日本—现代 Ⅳ．① I313.45

中国版本图书馆 CIP 数据核字（2014）第 119433 号

版权合同登记号 图字：01-2014-3782

浮休

作　　者　（日）渡边淳一 著　杜海清 译

出版发行　九州出版社

出 版 人　黄宪华

地　　址　北京市西城区阜外大街甲 35 号（100037）

发行电话　（010）68992190/3/5/6

网　　址　www.jiuzhoupress.com

电子信箱　jiuzhou@jiuzhoupress.com

印　　刷　北京慧美印刷有限公司

开　　本　880 毫米 ×1230 毫米　32 开

印　　张　9.5

字　　数　221 千字

版　　次　2014 年 8 月第 1 版

印　　次　2014 年 8 月第 1 次印刷

书　　号　ISBN 978-7-5108-2929-1

定　　价　35.80 元